2015年度诗人选

朱零 编选

作家出版社

目　录

阿 信

那些年，在桑多河边

下雪的时候，我多半
是在家中，读小说、写诗，或者
给远方回信：
　　　雪，扑向灯笼，扑向窗户玻璃，
　　　扑向墙角堆放的过冬的煤块、牛粪。
意犹未尽，再补上一句：
　　　雪，扑向郊外
　　　一座年久失修的木桥。
在我身后，炉火上的铝壶
噗噗冒着热气。

但有一次，我从镇上喝酒回来，
经过桑多河上的木桥。猛一抬头，
看见自己的家——
河滩上
一座孤零零的小屋，
正被四面八方的雪包围、扑打……

一小片树林

一小片树林。
暮色中的，一小片杨树林。

只有朝向河水一侧的叶片微微闪光，
其余部分，渐次沉入灰暗。
我从那里散步回来，走出不远
回头时，原来的路径
已变得模糊。树木和树木，
紧靠一起，没有缝隙
仿佛有更深的黑暗在那里潜伏。
夜色很快统治了这里——
黑暗中的树林，完全是一个闭合的整体
没有一丝光渗出来。它
比四周的黑夜还黑。
让我既觉得陌生，又感到惊讶，
隐约有一丝不安。
如果多给我一点时间，也许
我会等到它慢慢发光、甚至
变得透明。
也许会相反。
但我已经没有时间了。
它是我遇见的黑暗中沉默的事物
比沉默还沉默，比黑更黑。
一小片树林，
它究竟在抵抗什么？

安 详

暮秋中
唯一不被伤疼侵凌的果实，是安详。
含咀凛冽秋气，在大路拐角，
燃向荒天野地的矢车菊，是安详。

三两颗星星，飘进身后不远的夜空，
那一片鸟声洗白的草原无疑是安详。
我所熟知的古印度王子
识破命运的神秘微笑，
也是这安详。

让我在漫游中情不自禁，蓦然驻足：那棒喝万物的
　美中之美只能是安详。
让我放弃言辞，面对一首终极的诗歌，无法描摹的
　内心欣喜正是这安详。
而正受一切，俯仰无愧的生命感觉唯有这安详。

敦煌集·鸣沙山

1

黄昏的沙丘起伏着。
渐行渐远的驼队起伏着。
头驼颈项下节奏徐缓而悠长的铃铛声，起伏着……

沙丘的轮廓线
有一种无法描摹的神韵，让我深深沉醉。

2

鸣沙山的落日，仿若
乌孙昆莫西行前最后的眷顾。

青眼赤须的乌孙人，告别故土。
那一步三顾的怆恻眼神，不正是鸣沙山脊

云层缝隙间粘连不辍的落日吗?

何处寻觅去之已远的人喧、犬吠、马嘶和驼铃?
目睹此壮美落日的游人之中,
可有乌孙和细君的苗裔?

3

流沙没踝。
我提着鞋袜、水、相机,随众人一起攀爬
——在光与影角力的沙梁上。

流沙漫漶攀爬者烙下的脚印;渐浓的暮色
把攀爬者的侧影,剪贴在蓝宝石的天幕上。

风吹沙响。苍白的大漠之月
如此升起——我感觉有一只白色的大鸟
正在附近振翅掠过。

4

在这旷古的黑夜里,
在这静谧、布满陈迹的古道
——我仿佛看见那个负笈西行的僧人,
在沙丘,结跏趺坐。

我想,我经历了他的孤独。
也经历了日出时分:在他身后的沙丘上
喷薄、涌出的辉煌和圆满。

谈 话

在玛曲活着的那些人中间
我认识其中的一个。他经常睡不着觉
半夜爬起，看河水洗白岸边的石头。

有一次，露水闪烁。
我和他坐在草地中间。他告诉我
一些奇异的事情。

他说：在我的身体里住着另一个人。
我只是他的役夫和走卒。我经常替他
做一些看上去颇为荒唐的事情。比如：

去岩石缝隙察看一条风干多年的蛇；在花朵中
辨认可使孕妇呕吐不止的药草；用羊皮纸
书写一些"年哦"体诗歌；不定时访问
附近的几所寺院，等等。
我在上班时经常神思恍惚，梦及古代
和一只金色大鸟……

这个与我在草地上进行谈话的人
是我的学生。十多年不见，
我感到有些恍惚，甚至怀疑
那次谈话是否真实？
就像我常常怀疑：这个人
是不是真的存在？真的还生活在
玛曲的人群之中，而不是在我自己的体内？

山间寺院

寂静的寺院，比寂静本身
还要寂静。
阳光打在上面，沉浸在
漫长回忆中的时光的大钟，
仍没有醒来。

对面山坡一只鸟的啼叫，显得
既遥远又空洞。空地上
缓缓移过的红衣喇嘛，拖曳在地的袍襟，
没带来风声，只带走一块
抹布大小生锈的阴影。

简朴的僧舍，传达原木和褐黑泥土
本来的清香。四周花草的嘶叫，被空气
层层过滤后，清晰地进入
一只昏昏欲睡的甲壳虫的听觉。
辉煌的金顶，浮在这一片寂静之上。

我和一匹白马，歇在不远处的山坡。
坡下，是流水环绕的民居，
几顶白色耀眼的帐篷，
一条油黑的公路，从那里向东
通向阴晴不定的玛曲草原。

我原本想把马留在坡地，徒步
去寺里转转。但起身以后，

忽然感到莫名的心虚：寺院的寂静，
使它显得那么遥远，仿佛另一个世界
永远排拒着我。我只好重新坐下
坐在自己的怅惘之中。

但不久，那空空的寂静
似乎也来到了我的心中，它让我
听见了以前从未听见过的响动——
是一个世界在寂静时发出的
神秘而奇异的声音。

年图乎寺——
这是玛曲欧拉乡下一座寺院的名字。
这个名字，对我来说并没有太大的意义，
对我有意义的，是它在阳光下暴露的
灿烂的寂静。

兰州黄河边听雪

终于安静下来了。
可以放下一切，什么都不去想，
也不尝试去做。
一棵冬天的树，呼吸。触手处
栏杆冰凉、潮湿。
身旁苇丛，发出窸窸窣窣的声音
一些不安分的小东西在暗处窜动？
远处建筑……仅余轮廓。
转暗的光线中，我隐隐觉察到
雪花下面

河水，正慢慢拱起
它黑色、巨大的脊背。

两个老朋友

在蒙着薄雪的路面上，我们走
那些酒继续在胃里燃烧

我们谈到一本书，一位远在重庆的
朋友。我们咽下多少夜晚的冷空气

我们谈到老人和孩子，乡间除夕的焰火
我们还说起那年夏天的一次远足：哦，青海

路灯昏暗的巷道，我们不再说话
黑暗中有什么东西好像绊了我们一下

在最后的路口，几乎是同时：
"怎么样？""还行。"然后我们

各自西东，走完剩下的那一段
在蒙着薄雪的路面上

扎尕那石城 ①

把翅膀折断

―――――――――

① 扎尕那，藏语音译，意为石匣子，位于甘肃迭部县境内。

鹰还是鹰。

鹰不能抵达的高处，
想必就是：神的领地。

秋日晴好，诸神的心情
谅必亦是——

修禊或许不宜，
指点江山正好。

神的脚下
人畜安居。

不惊不扰，几百年过去了。
不喜不悲，几百年后亦复如是。

墓志铭

总会到来：让我长卧在这片青草下面，与蚁群同穴。
让风雨食尽这些文字：我曾生活过。

我与世界有过不太多的接触，近乎与世无补。
我恬退、怯懦，允容了坏人太多的恶行。
我和文字打交道，但我是一个糟糕的匠人。

我缓冲的血流，只能滋养天底下一朵柔弱的花朵。
那是我未具姓名的女儿，集美丽善良于一身，
在露水的大夜中疼醒。

总会到来：这清风吹拂的大地，
这黎明露水中隐去的星辰……

一滴水中的尕海

七月尕海。间歇小雨
留出一个让人匆匆出入的空隙——
那空隙如此狭小，仿佛前一滴雨水
和后一滴雨水中间，插入的一个小小的休止符

漫不经心的司雨之神，给一个俗人的闯入
提供了可乘之机。我的到来
惊动了草地叶片上
无数刚刚归于安静的钻石。

无疑，尕海是钻石当中最大、最安静的一颗。
它奇异的安静，并不拒绝
我对它久久的痴望，只是悄悄取走了
我眼神中那一丝丝凡人的贪欲，和我作为
一个诗人的一点点可怜的骄傲。

很快，自天而降的水珠，
又把它复原成一座大地上沸腾的鼎镬。

班美茜

立 冬

今日立冬，月亮大圆
家乡应是红薯入窖，早麦出土的节气

夜晚已是寒气逼人，念家中老父母
住在偏离村庄的田野
天黑时，有无关好门窗

冬夜常有蟊贼出没。我在时
家中尚有数只小羊和一条老狗
偶有犬吠
母亲会扒着窗户，压低声音惊问：
"谁啊！干啥的！"

此后，白霜铺地，万籁无声
又是一个萧寂的夜晚

黄 昏

寂静泛滥着
只听到父亲在院子里
劈柴的声音

这早春的傍晚
我突然想起了你
心咚咚地跳
不晓得怎么办才好

一颗心若被斧头照亮着
就再也无法明辨远方

腊梅花在水井旁汹涌

风吹过百草，像吹过众生

在桑科，在甘南大地
风吹过百草，像吹过众生

我们就此看到日暮苍凉，大地悲壮
就此看到一些还没有熄灭的花朵，不断地被风吹亮
一闪一闪

风穿过百草的肋间，像吹响颤音的芦笛
穿过众生的耳膜
若有人不愿听这百草之歌
那你最好还是道声再见，安静离开

其实我想说的是风吹过百草，也吹枯众生
众生都在死亡的路上，一年一年
被风领着走，经历重重智性的迁移
看似枯竭，内在却是清醒无比的。风一起

有那么一瞬，我是开阔而飘散的
属于这茫茫无边的暮色和死亡
拉卜楞寺的诵经声是不能遏制这盛大死亡的
当时间深入旷野，我们终成为风的棺材
这是神默许的

风吹百草，理由无他
——风在吹

骨 肉

狗坐在墙边
脑袋向前倾着
好像我们说的什么它都懂

我们说到房东几个月前
杀了一只流浪狗
它表示怀疑，挣了挣绳子
冲我们汪汪叫了两声
我继续说
它继续叫
声音不高不低
哦，它像个犟嘴的小孩

我不得不残忍地告诉它：小黑
过几日你主人会把你杀了吃
狗看了看我
不再出声
又坐回墙角

低着头小心翼翼地啃面前的骨头

我没有继续告诉它，那根骨头是它母亲的

笼子里的蝈蝈

窄窄的七宝老街游着满满的人
谁也没注意我的到来
蝈蝈注意到了

一只只离开家乡的蝈蝈
在人来人往的影子里尖叫
将苦涩的光注入我呼吸的空气中
倏然间，我抛开了自己的身体
去了那笼子里。我是一个无处栖息的灵魂

我以蝈蝈的名义痛恨这全新的生活
陌生的地方，美学的樊笼

现在，我想要一片敞开的草地
在那里躺下来，不是死亡
是要做一只真正的蝈蝈
倾听大地的秘密

刨小孩

一群一群的梨花开得如云
我在梨树下

把呼吸调得很小
用小镢头刨土。轻轻刨
我要刨出一个和我一样的孩子
跟我玩

奶奶说
我是爸爸从土里刨出来的孩子
活着的人
都是从土里刨出来的孩子
我对奶奶的话深信不疑
我亲眼看到奶奶穿着干净的鞋袜
回到土里

那么凉的土
又黑又亮
覆盖着我的小脚面

"那个孩子在刨孩子"
有人大笑
四处宣告我的愚蠢
笑声穿过树林向天空走去

奶奶,人究竟从哪里来呢?
我等你在土里长成一个小孩
现在是春天啊,百草的种子都钻出了土地
梨花蔓延了村庄

很 久

很久没看到蝉的样子了
很久没看到葛八草牵引的小路上
风吹黄牛的大尾巴
也很久没看到红蜻蜓黑蜻蜓在池塘
你抱我一下，我抱你一下
映日荷花别样红

"很久，是多久呢"

雷声遥远，水流向低洼
多少小蝌蚪长成了青蛙
它在细密的杨林里清脆地叫上几声
一阵风就摇落了满树的叶子
奶奶爷爷大伯二伯安静地躺在树叶下
数秋声

我很久没回去看他们了
倒是母亲电话中说一切安好
说父亲刨掉门前两棵泡桐树
准备请人做两口上好的棺木
滑板的。涂黑漆。灌沥青
很久不会腐朽

一口她的。一口父亲的

架子车

幼年的天色暗下来
大片的白杨暗下来
我平躺在架子车的青草上
看天空在奔跑
偶有被花香灌醉的麻雀撞在车厢上
把黑暗似乎也撞落下来
我惊呼，继而坐起
拉架子车的父亲头也不回
他已关闭生活中的一切幻想
没有什么可以惊扰他拉车的步伐
我在车上继续摇晃
成年的天空逐步亮起来
我坐火车，坐大巴，坐自家的东风悦达
现在
我极想坐一次草木之香的架子车
把我的灵魂拉回来

酢浆花与飞鸟

有一段时间，山中寂静
缓缓地，我们说着傻话

酢浆花一簇接一簇地来到面前
红嘴雀在上面走动

当我们经过，它有些吃惊
飞上了屋顶，我以为是地上的花

突然飞了起来

喊　魂

有人叫我一声小名儿就起风了
风吹进我的身体。昏沉沉

午间，乱针把我刺醒
奶奶坐在堂屋中间，一只鞋举过头顶
"茜茜的魂快回来"
一声高过一声，一声紧急一声

墙影移动
我看到光
屋子里弥漫着檀香
奶奶声音很轻，轻到虚无

窗外。天蓝云白
葡萄架下，枣花掉进水缸
好像什么事情也没发生

北 岛

中秋节

含果核的情人
许愿，互相愉悦
直到从水下
潜望父母的婴儿
诞生

那不速之客敲我的
门，带着深入
事物内部的决心

树在鼓掌

喂，请等等，满月
和计划让我烦恼
我的手翻飞在
含义不明的信上
让我在黑暗里
多坐一会儿，好像
坐在朋友的心中

这城市如冰海上
燃烧的甲板
得救？是的，得救

水龙头一滴一滴
哀悼着源泉

怀 念

从呼吸困难的
终点转身——
山冈上的落叶天使
屋脊起伏的大海

回到叙述途中
水下梦想的潜水员
仰望飞逝的船只
漩涡中的蓝天

我们讲的故事
暴露了内心的弱点
像祖国之子
暴露在开阔地上

风与树在对话
那一瘸一拐的行走
我们围拢一壶茶
老年

时间的玫瑰

当守门人沉睡

你和风暴一起转身
拥抱中老去的是
时间的玫瑰

当鸟路界定天空
你回望那落日
消失中呈现的是
时间的玫瑰

当刀在水中折弯
你踏笛声过桥
密谋中哭喊的是
时间的玫瑰

当笔画出地平线
你被东方之锣惊醒
回声中开放的是
时间的玫瑰

镜中永远是此刻
此刻通向重生之门
那门开向大海
时间的玫瑰

给父亲

在二月寒冷的早晨
橡树终有悲哀的尺寸
父亲，在你照片前

八面风保持圆桌的平静

我从童年的方向
看到的永远是你的背影
沿着通向君主的道路
你放牧乌云和羊群

雄辩的风带来洪水
胡同的逻辑深入人心
你召唤我成为儿子
我追随你成为父亲

掌中奔流的命运
带动日月星辰运转
在男性的孤灯下
万物阴影成双

时针兄弟的斗争构居
锐角，合二为一
病雷滚进夜的医院
砸响了你的门

黎明如丑角登场
火焰为你更换床单
钟表停止之处
时间的飞镖呼啸而过

快追上那辆死亡马车吧
一条春天窃贼的小路
查访群山的财富

河流环绕歌的忧伤

标语隐藏在墙上
这世界并没多少改变：
女人转身融入夜晚
从早晨走出男人

晴 空

夜马踏着路灯驰过
遍地都是悲声
我坐在世纪拐角
一杯热咖啡：体育场
足球比赛在进行
观众跃起变成乌鸦

失败的谣言啊
就像早上的太阳

老去如登高
带我更上一层楼
云中圣者擂鼓
渔船缝纫大海
请沿地平线折叠此刻
让玉米星星在一起

上帝绝望的双臂
在表盘转动

那最初的

日夜告别于大树顶端
翅膀收拢最后光芒
在窝藏青春的浪里行船
死亡转动内心罗盘

记忆暴君在时间的
镜框外敲钟——乡愁
搜寻风暴的警察
因辨认光的指纹晕眩

天空在池塘养伤
星星在夜剧场订座
孤儿带领盲目的颂歌
在隘口迎接月亮

那最初的没有名字
河流更新时刻表
太阳撑开它耀眼的伞
为异乡人送行

同　行

这书很重，像锚
沉向生还者的阐释中
你的脸像大洋彼岸的钟
不可能交谈
词整夜在海上漂浮

早上突然起飞

笑声落进空碗里
太阳在肉铺铁钩上转动
头班公共汽车开往
田野尽头的邮局
哦那绿色变奏中的
离别之王

闪电，风暴的邮差
迷失在开花的日子以外
我形影不离紧跟你
从教室走向操场
在迅猛生长的杨树下
变小，各奔东西

过渡时期

从大海深处归来的人
带来日出的密码
千万匹马被染蓝的寂静

钟这时代的耳朵
因聋而处于喧嚣的中心
苍鹰翻飞有如哑语

为一个古老的口信
虹贯穿所有朝代到此刻
通了电的影子站来

来自天上细瘦的河
穿过小贩初恋的枣树林
晚霞正从他脸上消失

汉字印满了暗夜
电视上刚果河的鳄鱼
咬住做梦人的膀胱

当筷子拉开满月之弓
厨师一刀斩下
公鸡脑袋里的黎明

旅行日记

火车进入森林前
灭火器中的暴风雪睡了
你向过去倾听——

灯光照亮的工地:
手术中剖开的心脏
有人叮当打铁
多么微弱的心跳

桥纵身一跃
把新闻最阴暗的向度
带给明天的城市

前进! 深入明天

孩子的语病
和星空的盲文
他们高举青春的白旗
攻占那岁月高地

在终点你成为父亲
大步走过田野
山峰一夜白了头

道路转身

致 敬

——给G.艾基（Gennady Aygi）

大雪剪纸中的细节
火光深处的城市——
绕过垂钓梦者的星星
行船至急转弯处
你用词语压舱

母亲的歌传遍四方

水壶中的风暴尖叫——
家园正驶离站台
打开你的窗户
此刻带领以往的日子
如大雁南飞

田野，你的悲伤

你排队买煤油
和人们跃入黑暗
带喉音的时代在呼喊：
也许是命运也许是
小号的孤独

哦嘹亮的时刻

俄罗斯母亲
是你笔下奔流的长夜
覆盖墓地的大雪

那等待砍伐的森林
有斧子的忧郁

大 解

秋 天

在河水北部，几个汉族人在田间劳作。
云片已经飞到了天外，仍被秋风追逐。

平原尽头突然冒出一列山脉，
有什么用啊，能阻挡谁啊。

时间？流水？盗贼？
那出现又消失的，多数是幻影。

汉族人在田间劳作，没有抬头。
几千年前也是如此。

人们日出而作，日入而息。
啊，秋天来了，我不能在此久留。

说 出

空气从山口冲出来，像一群疯子，
在奔跑和呼喊。恐慌和失控必有其缘由。
空气快要跑光了，
北方已经空虚，何人在此居住？

一个路过山口的人几乎要飘起来。
他不该穿风衣。他不该斜着身子，
横穿黄昏。

在空旷的原野，
他的出现，略显突然。

北方有大事，
我看见了，我该怎么办？

在我的经历中，曾经有过这样的一幕：
大风过后暮色降临，
一个人气喘吁吁找到我，
尚未开口，空气就堵住了他的嘴。
随后群星漂移，地球转动。

在河之北

在河之北，并非我一人走在原野上。
去往远方的人已经弯曲，但仍在前行。

消息说，远方有佳音。
拆下肋骨者，已经造出新人。

今夕何夕？万物已老，
主大势者在中央，转动着原始的轴心。

世界归于一。而命运是分散的，
放眼望去，一个人，又一个人，

走在路上。风吹天地，
烈日和阴影在飘移。

在河之北，泥巴和原罪都有归宿。
远方依然存在，我必须前行。

春风高

一条长裙在天上飘着。
春风把它吹起来，肯定有一个仙女，
为此而着急。裙子，我的裙子。
她将奔跑，她将借助风，
追到天上去。

几个废弃的塑料袋也在天上飘着。
如果那里面还有剩余的菠菜或土豆，
它们就会飞得低一些，
或者留在民间。

春风过后的地上，幸运者，
偶尔会捡到石头、美女、甚至金币。
云彩最终挂在了树上。
塑料袋从天上回来，泄了气。

春风太高了。
裙子只能继续飞。

逆 风

卵石在扎根。土豆也怀孕了，
需要一个小坑。坐下一窝小土豆。

春天来了，睡懒觉的毛毛虫爬上树枝，
打算饱餐一顿。

一群孩子从地里冒出来，尖声叫喊。
而在河水的右边，神已回到故居，
正在耕种。

民间传送着有关来世的消息，
有人借助生机而还魂。

我在青山一侧，快步走着，
跟路人打招呼，嘿，你好。你好。
有时回声来自体内，仿佛自己
是个遥远的人。

在春天，
我可能是我的复制品。

春天万物萌发，一切都在生长和分蘖。
我的身影离我而去，在逆风里奔走，
已经成为他人。

冬 日

麻雀翘了几下尾巴，转过身，
从树枝上弹开。它跃起的细枝上没有叶子，
整棵树都光了，整片树林都裸着身子，
站在地上，无处可去。
我也是。

天空并非无边，但笼罩树林和原野，
还有剩余。能否给我一点点？

也罢。大地如此辽阔，
何苦在天上安魂。

这时来自云片后面的一群鸟，
凌空而过，不在树林里停留。
我打了个寒战。我太孤单了。
幸好北风及时吹来，
北风，还无力把我带走。

握 手

女儿小时候，我经常领她走路，
她的小手，攥着我的一个手指头，
大胆地往前走。

年月太久了，我早已忘记，

父母教我学步的样子。如今，
他们已苍老不堪，手指像干柴，
弯曲又粗糙。

有生以来，我从未正式地
跟父母、妻子、儿女握过手。不需要。
有一次我伸出手去，
被老婆打了一下，又缩回来。

亲人们啊，时间过得太快了，
我有些承受不住。

我突然握住自己的手，在此之前，
我从未得到过自己的安慰和问候。

朵 渔

祈 祷

我看到一个男人弯下腰来
双手探出像是一种祈祷
他的小女儿张开双臂扑向他
那一刻如果永恒定格
将是一幅多么动人的图画。

亲爱的

窗外栏杆上，一只麻雀
嘴里叼着一只扭动的菜青虫
来回转着头，寻找它亲爱的。

舞 步

一个清洁工，在空荡荡的
火车站台上，练习华尔兹
嘭嚓嚓，嘭嚓嚓
她双手环抱，一团空气
仿佛真有一个舞伴陪着她。

依 靠

雨夹雪之后，雾霾越来越重
临时搭建的窝棚上搭着湿漉漉的苫布
一根白铁皮的烟囱里冒着轻烟
小女孩发梢湿漉漉的，招呼我进了窝棚
她母亲躺在床上，旁边挂着吊瓶
父亲去了工地，还没有回来
她想找个东西让我坐下，转了一圈
搬来一个木桩，用衣袖擦了擦，有些窘
她已会做些简单的家务，勤快又懂事
她那么美丽，却只能生长在这样的地方
他们一家互为希望，互相离不开对方。

送水工

那个送水工来自山东乡下
他最大的骄傲是靠两只手
就能养活乡下的一对儿女
当然他最大的悲苦也在这里
别人靠头脑吃饭，他却只能出卖苦力
他将自己的命运归咎于读书太少
那天真冷，雨水打湿了他的镜片。

优 先

一棵老橡树，被从山里挖出来

种在广场的草坪上，四根木桩
支撑着，树干上还挂着营养液
在这个地方，它拥有优先活下
去的权利，却又活得那么艰难。

树活着

一棵树，那么简朴而安静地活着
也生根，也结果，也与四季同调
但那种无欲无求的淡定，就像是
另一种活。人做不到，鸟也做不到
幸运的树可活几千年，而不幸的树
倒也没有什么不幸的感觉。

谎　言

她将谎言重复了两遍：
一遍是为了让我相信，
一遍是为了骗过自己。

爱　恨

隔着一堵墙，传来邻居夫妻的
吵闹，女主人在哭，男主人在叫
该有怎样的仇恨，才会有那样的争吵
仿佛积攒了一生的仇恨都在那一刻爆发
仿佛一个就要把另一个立刻吃掉

我突然觉得，这样的夫妻
以后该如何继续生活？他们不会
就此分手吧？第二天
上午，我下楼去倒垃圾，发现他们
正有说有笑地往菜市场走去。

惑

既然有了酒，不知道上帝
为什么还要赐给我们女人
既然有了女人，为什么还要爱
既然有了爱，就一定要留下恨
以便让二者结为夫妻。

哭 泣

地铁车站，一个女孩，满脸悲戚
两行眼泪突然从眼眶里涌出来
再然后，是越来越多的眼泪
涌出来，涌出来，她努力掩饰着
长发遮脸，只是偶尔抽动一下肩头
注意到我在看她，突然哭得更凶了
仿佛有了某种依靠，仿佛眼泪本身
成了送给陌生人的珍贵礼物。

一个孤单的女孩在站台看手机

感觉一团荧光闪烁的Wi-Fi环绕着她
她很美,值得如此孤单被包围。
我们都被这些曲线包围着,只有
那个比洁白骷髅更美的人看得到。

母 爱

你有过独自面对一面镜子时的
惊恐吗?当我在某个夏日的黄昏
站在母亲的镜子前,一只手突然
从镜中伸出来,轻轻捏了我一下。

母亲的众神

院子里住满了母亲的众神:东厢房的财神
西厢房的灶神,正房里的玉皇大帝,南房的送子观音
花篱下的花神,大树上的树神,水井旁的水神……
一只翩翩飞来的蝴蝶,你是何方神圣?
母亲双手合十,欢迎远道而来的家神。

大声喊

我听到楼下一个孩子在大声地喊:

爸爸——，爸爸——！
我不知道他喊爸爸干什么
也不知道他爸爸在哪里——没有人
应答，但这呼喊本身就已令我感动
大声喊一个高于自己而又融于自己
的人，就像在喊他的上帝。

是真爱

他又老又丑，你以为他不配
得到她的爱，你错了，当她
在他臂弯上轻轻一倚，那种轻柔
如同一只猫在花园的瓦罐里饮水
——她爱上的是某物，是未来
是少量的现在，是真爱。

浓 痰

他呸地一口
浓痰，啐在一辆崭新的
汽车玻璃上。并非那车
挡了他的道，而是过于碍眼。
那口浓痰，在太阳底下
曲曲折折地
流下来，多么像他六十多年的
人生路，委屈、黏稠、卑贱。

高短短

一夜雪

我们在炉火旁坐着，没有说太多的话
这几年，我们有不同的经历
却又相似的，羞于向彼此提起
我们的身后，一道新砌的墙
挡住了砸向我们的风雪
也挡住了，那些想要进来的人
风雪在远处，埋葬着我们的先人
他们的肉体长眠地下，灵魂飘到高处
俯瞰他们的子孙后代在人间
远行，迁移，餐香食辣
生年不满百
死去的人，无法感知雪
活着的人，无时无刻不觉得冷
以至无数个夜晚，我们在炉火旁呆坐
许多时候
我们所面对的空气并没有发生质的窥探
而院子里，雪的厚度在不断增加

我再一次陷入主观

有时候，语言多么无力
按照偶像剧的情节发展

在你走时，我应该抱住你
一些虚构的线条穿插了你我
我握住大把的难过和锥子
你走的时候，落日美妙
我们谁都没有发觉
亲爱
你走后，我已经决定旁观
春天的革命

大美西西里

那个风情万种
又可怜十分的女人
还在被嘲笑
她走路的姿势风骚
话语绕过舌头
抽烟的样子，像极了一部色情片
她身边从没断过男人和新闻
女儿多么漂亮眉目多像她
她把自己送给微醺的酒气
那样子。多义无反顾
在西西里，雨水洗过的天空
充满了暧昧和流言蜚语
每一次失败的爱情
都会回到浪漫主义的子宫

轨　迹

一个女人的一生，至少会遇到三个男人

第一个教她认识爱情之美
第二个会夺走她剩余的青春和疼
第三个出现的男人
会伴她走过之后平静和麻木的人生

这些年，遇到太多男人
我觉得自己越来越像母亲
在顺从。又区别于她的
爱了父亲，别人没人

如果，生活拼命磨损我
一些俗事和陌生人就会成为
必要的挡箭牌
生命多么重，我的反抗
总是走投无路

羞 耻

妈妈。如今你还是无法从
窗户拧断过的阳光里抽身
你的女儿，依旧不接受
任何人的圣经。十五岁的时候
我的胸部如气球一样疯长
妈妈，你却从来没注意到
你和父亲坐火车去北京
带回破旧的床单和咳嗽
在学校里，我不敢从男生面前走过
那样就暴露了驼背的思想
有一次，一个男孩的手

轻轻划过我的胸部
我装作不知道，他们哄笑
时隔多年，我还是不敢转过去
狠狠地瞪他。妈妈
无数次我感受到
比圣经还厉害的羞耻

难 受

晨起，我喝下第一杯白水
父亲的话语在院子里
同母亲的砧板搅拌，关于
菠菜叶子到底该喂猪还是兔子
如他们的婚姻，三十年来
没有定论，末了
我听见他上楼的脚步
关门的动静，甚至
略微急重的呼吸和轻咳
他要去山里
为一个本家的伯叔抬丧
那个八十岁的老人
大过年的
把自己挂在一棵悬崖边的树上
父亲走后，天上飘起小雨
我的子宫开始流血

睡前书

我的大脑充满了

音乐和爱情的致幻剂
这让我无法服帖于睡眠
台灯下，椅子和纸张等待着
"睡前读佛法二则，
有助于我隐姓埋名。"
我无法选择抗拒
因为制约，让人更放肆
亲爱的，我们活着
就必须假装陶醉

致情人

梦里，我们又一次坦诚相见

无数个飞奔而过的黄昏肿胀
虚无的睡意，醒来

亲爱的
其实我早已备好了河流和青山

在故乡，等你回来
经营羊群和睡眠

春天的圈套

丢了些时日的猫再回来
就大了肚子
贪睡，整日藏在阁楼里

人路过就懒洋洋地叫一声
路上一对走亲戚的夫妻出了车祸
小摩托撞上大卡车粉身碎骨
围观的人们，无一不谈论那女人额头上的包
足有拳头那么大
祖母折了些药草晒在阳光底下
她的旧疾复发，夜里常常起来多次

春天了，没人不想好好活着
死亡、疾病、伤痛，剥茧抽丝
这些事情都发生在春天
万物在春天各尽其能，拼命运动和衰老
仿佛也只有这样
才不会辜负春天精心设计的圈套

男 人

一个男人面对着我们
当然，我们可以想象这是怎样的一个男人

他穿着新的羽绒服
个子不高，金属边框的眼镜
语言滞腻，甚至有点结巴

工资条、圆珠笔、玻璃杯，半片没吃完的面包
早起的十五分钟，寒风里，勉强地行走
夜晚的麻将馆，夫妻生活

额头的虚汗、日益透支的健康、未完的发言稿

孩子的哭闹、窗外摩的喇叭无休止的响
去痛片、结婚戒指、妻子提前到来的更年期

一个男人应该具有的片段和琐碎
他都具有

他是晚餐之前的归人，行为的主语
二十年前误入歧途的高才生
美丑的批判者，是说出之后就不存在的句子
是一个活脱脱的人间

他正在走向我们，缓慢地
或者，他就是我们其中的一个

大多数

我与母亲谈话的大多数时候
都是我在说个不停，我的一切她都感兴趣
我手机上的照片。网上聊天的内容。我的朋友们
她一个一个仔细辨认
我要跟她自拍的时候，她总是很害羞
总说自己老了没我好看
我们很少谈及那些与我们相关的男人们
我的父亲、她的父亲
我们总是回避这些内容
我不愿意告诉她我和父亲的隔阂
她也不愿意谈及外公的去世
我想她始终记得那些日子
和父亲吵架的时候，父亲拿起扳手敲她的头

外公最后在病床上呻吟的时光
母亲这辈子的泪水，似乎在我看到的时候
就已经消耗殆尽，只有一次
我和她在老屋后面整理玉米的新苗
父亲在家里做些木活，所以他并不知道母亲哭了
她就那样伏在背篓上，眼神空洞，对着我说：
就这样让我死了吧，喝点毒药也行
让我去找你外公吧
而大多数时候，她都很平和
心甘情愿地做着父亲的贤内助
从没人质疑过他们的感情出现过裂缝
有时候也包括我

藏在我体内的鬼

一九九四年农历七月十五
母亲十分痛苦地产下我
带着男孩的期望，却为女儿身
母亲在血泊里既欣喜又失望
她一定不知道。在中元节这一天
她生下我，同时也生下了我体内的鬼
这么多年，它一直同我作对
我还是孩童的时候，它就诱导我往野路上走
老家的沟沟坎坎，我都摔过
好几次都差点要了我的命
当我睡不着的时候，我体内的鬼
就会在我背后玩弄我的头发
当我和人争辩面红耳赤
它就会出现，让我像极了小丑

我拼命克服它，战胜它

它也不示弱。抓住我哪怕一丁点的错误

我有一丝懈怠它就会将计就计

要我想起过去就懊悔不已

它活在我的体内，却从未臣服于我

它了解我的弱点，如同我脖颈上的项链

了解我的心跳

我不是它的主人

我们是同等的，或者是对立的

我的人生里，唯一可以战胜它的人

我的母亲

她在生下我的时候就可以掐死它

但她没有这样做

母亲不认识我体内的鬼

在那个重男轻女的时代

她不识大体，只是个粗笨的妇人

她只知道我是她的第三个孩子

将来会和她一样，成为一个无关紧要的女人

高鹏程

在大港头谈论乡愁

一个宁静的小镇。
一条江水穿镇而过。

村口，几个闲散的人。一棵古树。一个埠头。流水
晃动着一些古老或者
新鲜的光阴

伊甸说，这个村口，符合中国人
乡愁的理念
我扭头看江面，看山气。又看村口。然后
点头称是

这乡愁忽焉似有。但很快会转浓。如果有人从这里
　　走出。
很多年
如果山岚转淡，江面上的雾气
能散去一些，如果那艘来接我的船已经抵达埠头

当然这乡愁也可能会更浓一些，如果上面的第三
到第四行诗是这样：一些新鲜的日子正在老去，或者
已经古老

如果这乡愁要刻骨铭心，那么上面的第一

到第二行诗

要这样写：埠头下的船

已经走远

江水继续流淌。村口，只有一棵老树。已

没有人

在青瓷小镇

这是哥窑。这是弟窑。

这是冰裂纹。

这是高级的梅子青和粉青。

在青瓷小镇，

我们聊到诗。好文字的质地，仿佛

青瓷釉色上的那一抹清凉

但我们很少提到

在它产生的过程中，我们内心经历过的类似

窑火一样的炙烤和煅烧

弓弦上的二泉

我们在夜色中抵达。

灯芯沉睡。小镇安眠。

只有一眼山泉，还在黑暗中大睁着眼。

有多久了？一个老人

坐在泉水边拉琴。细小的锯齿

锯着街巷里失眠的灵魂。

有多久了?
一个坐在黑暗中的瞎子,
他的心里藏着双倍的夜色。

音箱沉闷。泪水锋利。
蛇皮里
包裹着一颗被人世辛凉反复噬咬过的心

有多久了? 琴声呜咽
弓弦上的人,
依旧冰冻在某个陡峭的高音区

我在黑暗中伫立。
感觉身体历经漫长的泉水浸泡
已经沥去了过多的风尘而有了月光的质地

严子陵钓台:寻隐者不遇

一个生前隐姓埋名的人,死后声名日隆
这是否符合逻辑
和他本人的意愿?

而钓者无言,去了更深的水域隐居
留在江面上的漩涡,像一串诡异的笑容
那根水面上的钓竿,究竟
探向了何处,也许只有钓者心里清楚

正如《左传》上的"三不朽"
成名的方式也有很多，其中一种
就是尽可能地隐姓埋名
隐得越远越深越好，但必须
给找寻者留下线索，以便按图索骥

而成功的隐士总是能找到隐秘
但又恰当的道具
有人用一根垂直的吊钩，有人借助一江寒雪
有人，动用了一袭羊皮大衣

云山苍茫，江水泱泱
两千多年了，吹过江面的，依旧是多年前吹过山高
　　水长的
那一场风
只有淹没在水下的钓台无迹可寻，变成了真正的隐者

无数的游客如过江之鲫，纷至沓来
沿着江水漫溯
辨别一根钓竿留下的蛛丝马迹

——事实上，谁都知道
那一根若有若无的丝线，连接的是江和山
更是江山
和江山以外的事情

高桥记 [1]

它曾经成为一个帝国历史中陡峭和隐秘的部分

仿佛一只踩过泥泞的高靴
见证了它的一小段逃亡秘史

其中香艳的部分，来自桥畔
一个村姑的围裙，
围住了它的尴尬和羞处

历史往往在小处被改写。
仿佛被重新系紧的鞋带
一个王朝的命脉，在一座桥下重新获得了延续

一千多年过去了。我们在另一个冬天的午后赶到
高靴荒废。流水缓慢，凝滞
一段松弛下来的时光

高高隆起的桥洞和水面的倒影
构成了一个完整的圆，一只记忆之眼
看着水面的动荡和变幻。

比桥身更高处，一列轻轨隆隆驶过

---

[1] 据百度网：鄞州高桥始位于官塘中段，曾经是南宋首次大
败金兵的战场。据传，南宋建炎四年（公元1130年），宋
高宗避祸于明州，金兵追袭，在高桥下曾藏匿于一村姑
围裙内。

埠头边，一个年轻的村姑，槌着自己的衣衫
共同的响声，震动着水波和历史深处的痒

很难复数其中的复杂的意味。但有一点可以肯定：
在这个动车和高铁的时代，至少
爱情已经是独立的东西
不再依附于王权和轶闻来增加它香艳、暧昧的成分

熨斗博物馆

年轻的女诗人站在红帮裁缝的铜像下
手握熨斗。有一个词
又一次在此刻诞生：熨帖

时光如此平整。恍如女孩光洁的额头
没有一丝褶皱
让人忽略了老裁缝皱纹里的辛酸
一百多年来，衣缝里夹杂的尘埃
和屈辱

这是初夏。阳光沿着北回归线的指向继续熨烫
万物都在生长。连同它们的阴影
连同这一家由古老的宗祠改建的熨斗博物馆

在它幽暗的厅堂
我们欣赏着众多的熨斗
它们通体乌黑，似乎还在沿着一些事物深处的褶皱
　游走

隔着玻璃，我们无法感知它们的温度
如同我们无法感同身受
衣服上褶皱的骨折声
皮肉焦煳的味道

如此舒适。甚至让人忽略了
它的起源
来自于商周时代就有的古老的刑具

海岛之心

鱼群在海底游弋，带着祖先留下的指针。
黑暗中
灯塔的光芒有些茫然。

而一根插进海岬的铁柱，顶端的原点
仿佛海岛之心
和光线、经纬以及头顶
星球的转动
构成了某种神秘的对应。

相对世事
和人心的变动，它具有
恒久和稳定的意味

一个神秘的原点。它使一座海岛
更像是一枚秤砣
平衡着遥远大陆的倾斜

波浪之歌

那些波浪从多远的海平线之外涌来
从多远的海底？
沿着大海隆起的脊柱，蓝色星球上
一个无限延长的弧

当它掠过沙滩，潮间带的上限
继续延伸
越过海堤大坝、蟹塘、田畴、村庄、山岗、平原一
　　直到
遥远的大陆内部，沙漠里的弧纹

沿着隐秘的通道，当它
在地表麦浪，地心岩浆，我们身体的骨骼线之内
继续翻涌，
你是否感受到了那一波又一波降临的

颤抖。战栗？
当它继续沿着一本书逐渐深入的情节
一部电影里
火车的汽笛和玫瑰的香气奔跑
你能否感到被它带着一起飞驰

在相爱的人的怀抱。在泪水、啜泣，在火车
离去后铁的余震里？

有如神迹降临。当它

沿着一座教堂的尖顶，涌进它空旷的大厅
像一阵风一样打开了
一位卖鱼妇女手中的一本皱巴巴的《圣经》

你的眼中是否同样涌出
感恩的潮水？
而最终那些波浪去了哪里？最终它们究竟
消失到了何处？

海边盐田内结晶的
大海的骨头。一座沙丘内部
静止的光阴。一座大山深处岩层里的挣扎、冲突和
逐渐冷却的起伏？

一首诗的结尾，
一个人空洞的眼神
一场晚祷后凝固的钟声？

韩 东

一匹马

一匹马站在草原上，一动不动，
足有十分钟。
何以见得这是一匹马，
活的，像其他的马一样？

终于它动了一下，
我们放心地开车离开。

隔墙有耳

隔壁传来邻居的说话声，
孤单中不禁一阵温暖。
然后，我听清了，原来是法语，
这大大地出乎我的意料。
一样的琐屑和唠叨。嗡嗡的人声底蕴
和我们那也是一样的。
男人、女人、孩子，
杯盘的声音……
大约是周末聚会，他们吃饭一直吃到很晚。
亲切而内向，一定是在
讨论他们彼此的生活，
不像在议论世界。

这中间有几次意味深长的停顿，
仿佛我马上可以加入进去。

一架飞机

一架飞机失踪了，
一朵云消解于蓝天。
天气晴好，多出了一个维度。
我们也会消失，如一朵云，如那架飞机。

在不久的未来他们在资讯里打捞，
而我们和那架飞机在一起。
我们的面孔并不神秘，只是虚无。
我们不在我们曾经在那儿的任何地方。

所有的死者都在，就在那儿。
面孔栩栩如生，飞机完好无损——
但是不能再飞了。
我们带领它跃出那里的水面。

读海明威

我在读一本三十年前的旧书，
书页已经发黄变脆了，
像被岁月之火焚烧过，
而火焰已经熄灭。
揭开的时候寂静无声，
它的分量变轻了。

这是我带在身边的唯一的一本书，
被置于包中或者枕边。
硬汉已死，译者星散，
书籍本身也岌岌可危。
只有那些打猎的故事永存，
并且新鲜。就像
在一只老镜头里看见了清晨。

对 视

他们有一双看海的眼睛，
我有一双看人的眼睛。
这和种族、年龄无关。

在楼下的这家小酒吧里，
我用看人的眼睛看海，
但不见航船的细节。

他们用看海的眼睛看我，
也无法把我看透。
那就来一次坚定的对视。

我看见风帆从蓝色的眼睛里流过去了。
他们看见了什么？是否
从我的眼睛里看见了我看见的？

冷风中

冷风中。他们坐在外面，
寂静无声。两人对酌，
喝着冰冻啤酒，几乎不交谈。
我走回来的时候他们仍然坐在那里，
姿势不变。两个年轻人
表现静若处子。而一个眉须皆白的老者
在沙滩上跑步，脸映红光就像脱兔。

失　眠

睡不着的时候就读《沙漠圣父》，
室外是异乡冷清的雨夜。
这静绝无仅有。孤独如蜡点亮。
在此遥远之地触摸到时间纵深，
古朴的形象聚集，但无言。
一个个单独的中国字脱离了句法
掉落在地板上，仍有完整的意义。
黎明时分的大海是不用翻译的。

汽车营地

汽车营地繁花似锦，
但几乎没有客人。
暑假已经结束，孩子们上学去了，

留下这空荡的最后的花园，
各色花朵不免开得更艳。

布莱恩在炭火上烤肉，
烟雾一直弥漫到看不见的海上。
一对同性伴侣在树林中窥视，
我们也偷窥了他们，
还有那条拉布拉多大狗。
这一家三口来回走了数趟。

人间烟火在暮色中升起，
布莱恩招待我们美食和错落的寂静。
林中情侣不需要吃饭，
他们要去下面看海，
良辰美景和彼此的俊美已够一餐的饱足。

冬至节晚上完成的一次旅行

冬至节的晚上我正在旅行，
有人在铁路边烧纸，
死者如繁星，汇聚到交通线上。
而我是睡者。穿过了黑暗如堵的旷野。

接着，我进入了一座梦魇般的城市，
并继续钻入地下。
那儿灯光烁亮、空无一人，
我在地铁的报站声中醒来了。

他们也不在下面，

生者和死者都已离去。

孤　星

每天下班后回家，
看见暮色中我的房子，
小皮蛋站在阳台上，只一小点。
高出阳台边沿大约两寸。

所有人家的窗户都亮了。
但只有我们家的阳台上
有这么个小东西。然后我的目光上移，
就看见了北面开阔的天空。

天幕上只缀着一颗小星，
孤单晶亮，就像破洞。
这神奇的图像就像我的心象，
小皮蛋是看不见的。

在一个令人揪心的辨认动作之后，
它狂叫一声从阳台上消失了。
我走进楼道，掏出钥匙准备开门……
愿孤星永恒，我的小皮蛋常在。

炎夏到来以前

炎夏到来以前，这是最后的凉爽。
双亲的墓地已被巨草覆盖，

是去看看的时候了。
天空从未有过的深湛，
到晚间月大而圆，
趁你还有一双好眼，趁你的腿脚
还能走遍四方。

丢弃思想的重负吧，
就像丢弃思想本身，
那杯摄魂催命的混酒也不要再饮。
让阻挡你的古代城墙倒塌，
让心中的块垒如白云高飞。
让疼痛停止，说出否定之语
就像上帝说出肯定之语。

不要被任何一道牢门禁锢，
而要像影子一样飘出。
不要回头，或者看得再纵深一些。
你将看到自己出生以前的那个年代，
一个炎夏的繁花似锦：
你的父母在相爱，
你不在其中。

墓园行

如果你走进墓地，
就知道那儿比市场开阔。
如果你看见石头的座椅，
就知道人间曾上演繁华大剧。

如果你为坟包的起伏而晕浪，
就知道生的海洋和死的无垠。
如果你悲伤，就捏住一棵小草哭泣吧，
这是值得的，也是允许的。

如果你思念母亲，那就思念所有的死者，
思念死者，就停止追踪活着的人。
如果你牙疼就吃止疼片，
心疼就把心抛弃。

如果你疲乏了，那就走得更远些吧，
孤单了，就当自己从未出生。
如果你饥了渴了，就伸出一双叶子样的手，
阳光的灼热和雨水的冰凉会印在上面。

写给亡母

你已上升到星星的高度，
之后隐匿了。方向东南。
于是我仰望整个东南天空，
想象你可能下降的地方。
那儿有丛林围绕的快乐生活，
那里的炊烟将迎接你，
就像我怀念的香烟袅袅不灭。

愿你新的一生安好，
享受赤脚奔跑的解放。
愿平凡和朴实伴随你，
在清澈的穿村而过的河边。

你是一件完整而崭新的礼物，
献给世界和你自己。

愿你的墓穴已空，
消失的夜空晴朗。
愿你收回回望的目光，
那最后的光焰短促，
已使你消声远离。

胡翠南

低 音

二月，薄膜被农妇从田间褪去
草莓露出身子，大部分还是青果，阳光过后
有几个已略懂羞涩，初为人妇

"大雪封山，想你"

我是这么想的，你说这话的时候，可能
正搂着一个女人
笑容是我的，神态是我的
身体是她的

想起小时候遇上的雪，梨花样白
落在初春，容我们四处撒野

有时我是这么想的，如果你不想我了
我想你还有什么用呢

高 音

大部分时日无所事事
我和毛毛研究星相，与动物为善
春光中偶尔小醉，叹息，步行回家

前些日子好友的母亲病逝，我想起
父亲，早已舍弃病魔和我们
小曾也兀自飞出三楼的阳台，这样也好也好
去年夏天我和一个男人喝茶，不说话，泪流满面

蛇

一条眼镜王蛇
被邻居困在扎紧的化肥袋里
"足有六斤重！"
他擦擦额头上的汗珠
"被我捉住，
在田埂上
它正在晒太阳。"
他对此非常满意

我惊惶跳开
根本不敢多看一眼
就像从蛇中逃跑出来的
另一条蛇
绝望又恐惧
我请求放了它
邻居嘲笑了我
我再恳求一遍
他觉得我不可思议

"足有六斤重啊！
已经找到好买主。"

他褪下沾着泥巴的裤管
又朝我咧嘴大笑
他深吸了一口烟
嘴里吐出白信子

云雨总是恰到好处

山上有足够多的柴火
足够多的茅草
山窝窝里也有足够多的泉眼
流出细细亮亮的泉水

四季分明的田地里总是油光闪亮
牛羊生下足够多的小仔在四处撒野
谷仓装满粮食，水缸盛满水
云雨总是恰到好处
足够多的人出生，足够多的人死去

天上有多少雷鸣就配有多少闪电
地上有足够多的背井离乡
就有足够多的冷漠和荒凉

礼 物

每次都是在鸡鸣中醒来
我想再睡回去
窗外的响动却越来越多
人声狗吠

还有几头成年的水牛打着响鼻

不论怎样
能拒绝的时候太少
我总是在接受
试着消化
竟至有了快感

窗外溪水喧哗
间或夹杂着塑料、纸屑、瓶罐……
那满是我们与命运的互赠之物
即使溪水已经不再清澈
它依旧如宿命向前

这些都将照单全收
像一件旧衣被反复熨烫
每次浆洗后晾在阳台
它那样苍白与轻盈
它闻起来悲怆又芳香

我不再害怕孤单

我喜欢寂静中的寂静
黑暗中的黑暗
我喜欢如洗的天空
地上有多少念想
天上就会有多少颗星子闪耀
我喜欢只有一个月亮
那是我父亲提着灯笼走在天堂

我眼里的黑暗是一朵小花
依赖于古老的月光
需要渡过一条人间的河流
多像我啊
此时坐在短暂的人世间
我见过寂静的容颜在变幻
一会儿是父亲
一会儿是菩萨

我已白发苍苍

我开始对陈旧的事物着迷
比如一条短腿木凳
一张跛脚的洗脸架
一尊年年上漆的棺材，显然
它们都已疲惫，不再记起斧斫冰冷，刨花如下雪般
　飞旋
我爱它们灰色沉郁的眉眼
甚于爱它们身体里的回响
这让我相信，它们从未一死
只对世间保有深浅不一的疑问
日落又算什么呢
它陨落的速度一丝不苟
无非最后，朝向虚空缓慢一掷
而我也已白发苍苍
再不能随意流出眼泪

清明记

听说油菜花开了

开在大江南北

这是抒情又浪漫的事情

他们惊叹

欢喜又自怜

将脸埋在花里

四月的时候

满地金黄

旧人在坟头培上新土

一粒最小的沙子

被吹进眼帘

这样难辨的泪水不易察觉

我低下头

让它流回心里

多么安静啊

汹涌的油菜花

在将我多难的国家掩埋

敬丹樱

太小了

绿荚里的豌豆太小了
山坡上的紫花地丁太小了
青蛙眼里的天空太小了
蒲公英的降落伞太小了
我站在地图上哭泣，声音太小了
原谅我爱着你，心眼太小了

花 事

风吹落一朵，又吹开另一朵
它喜欢看着开在枝头的花儿，又在地上
重新开一遍

整个下午，我都坐在树下发呆
时光和风一样，它看不见我，看不见我

蜜 蜂

我拥有过蜜糖生活
拔掉毒针后，我是绝对的顺民

我寡言，在黑暗里无法
轻易入眠。我默念不惧怕死亡，却总忍不住
把头探向春天

疼 痛

它们是一对病友，住在同一间病房
它们得的是同一种病
一个是早期，一个是晚期

一个被鸟啄了一下，另一个被虫子
蛀空了内心

虫 草

两个始终躲不开宿命纠缠的人
在同一科属，必定有相似的气味和秉性

不爱的时候，是两株背靠背的夏草
爱的时候，是奋不顾身奔向对方的冬虫

白日梦

她喜欢住到一棵树上，呼吸植物的香
灵魂越来越轻
比风中的枝蔓还要柔软
诗卷看到一半

她停下来，在一旁倨傲地打量——
对于美，她始终有自己的坚持，她担心眼中的世界
并不比一棵树的心更辽阔

忽而早春

春韭疯长。爱美的小青瓦
还是喜欢蹲在水边照镜子。小谣曲在风里
轻轻地飘。小囡囡离开摇篮，不知做了谁家新妇

桃花就要开了
小蝌蚪，已长出前腿

不 识

流水还是选择了骂名
留给桃花猜不透的背影和饮不尽的恨意
鳜鱼瘦了
鳜鱼肥了
鳜鱼不识愁滋味
只因爱不够这铺天盖地的绿，白鹭舍不得
合拢翅膀
山前山后，扑棱棱地飞

涟 漪

有时候，天蓝得不像话

云白得也不像话
怕你在湖水中认出我，所以我安分得不像话
其实很想妖孽一些
不兴观群怨，只兴风作浪

你知道我从不讨好风，若你提及荡漾，我竟愿意
亲手制造风

仿 佛

是不是所有桃花，终将辜负
泪水的灌溉

在一首诗的第一行
我写下"然后"
仿佛你不是误闯镜头的他山之石
不是画蛇添足的蹩脚戏份，仿佛我们曾共攀峭壁
同游沧海

仿佛我们已抑扬顿挫
仿佛我们将起承转合

阑 珊

八百里文档，白得多么辽远空旷
在这里安营扎寨，逞霸称王，驾驭汉字战车垦荒
向西三丈
删掉向南十步，再删掉

小写意，窗外传来一帘雨声。甚好
大泼墨，箫声递过几匹夜色。勿念

剩下的时间，一半用于犯傻
一半用于犯困。衣橱里的蓝裙子莫名地老了
镜子里的自己新新地旧了，
辫子长长的柳树姑娘走出房间
对着平静的湖水扔瓦片，有一搭，没一搭
春意，阑珊

日 暮

鸟声呼啦啦栖落小院，又扑棱棱结满枝头。
光眷顾了我。我站在尘世中央，像神的孩子。

美好的事物，来得多晚，都值得原谅。
枇杷树已经挂果，最耀眼那枚，是落日的偏心眼。

雨 夜

我裹在草绿色的被子里。
窗外大雨如注。睡不着的牧人，拉着忧伤的马头琴。

哦，我不要听。我就要发芽了。
草原如此辽阔。我腾不出时间揉眼睛。

万物生

蛛丝上，雨珠命悬一线。
护着鸟窝，树枝，屈从于风。大悲咒里
万物生长。

野花闪烁如故人。
她身披草木香气，没有带伞。

繁 星

是去国怀乡的大词，也是背井离乡的小刺
鲠在喉头，是钝器击打之重，也是锐器剥啄之轻
想起还有千万亿光年要捱
我踮起脚尖。我要抢在立夏之前，把闪烁其词的几颗
从夜空
解救下来

街边的小鞋子

那唇裂的婴孩是谁家的？裹在夜里流了多久泪？
它望着虹彩，头发黏着泥水

空城。坟墓。航向扑朔的船只……
哦，它不愿这样被比喻。紧搂枝条的花苞撅着
小嘴睡得正香

还没想好，怎么开。

轻 轻

轻轻走路，轻轻吃饭，轻轻说话
就连打喷嚏和磨牙
也是轻轻的。母亲说过，是鸡蛋，就要活得小心翼翼

但，这一次……
我眉头微皱。我刚踩死了只蚂蚁
我成了泥石流，沙尘暴，飓风和海啸

贝加尔湖畔

别来无恙否？
白云。白雪。白桦。白驼。白浪花
深深浅浅的蓝

我发誓——
慢下来的晨昏里，迷恋，采摘，沦陷，都是情不自禁的
收到了吗？曾有一封致歉的长信
寄往贝加尔湖畔

夜火车

灯火扑朔，暗合即将燃尽的烟头
前程是本翻倦的书，夜里更无风物可读

巨大的口琴被月光擦亮
琴孔里，总有无法入睡的音符彻夜辗转
于高架桥下找到呜咽的调子，和拍案而起的浪花
形成共鸣

车厢连接处
迎风流泪的烟民已离开

藕花塘

白衣胜雪。噙着隐约的香，她鹤一样
停在老地方
伸长脖子，久久眺望

差一点，我们就摘下那朵藕花，差一步，我们就去到藕塘

雷平阳

去白衣寨

　　一直想去一个地方，它叫白衣寨，但我不知它在哪里。人世间的幻虚之所，我只能到诗歌中去寻找。有很多人给我指引，为我提供了生者与死者共用的地图，在人间与鬼国我因此步履沉重。边界消失，人鬼同体，就连我自己的言行举止都吸附了太多的阴风与咒怨。我穿过河山、旷野、村庄，一路向前，所到之处都不是记忆和想象中的乐土，世界散发着腐朽的气息，挽歌声里人心颓废。白衣寨，设想中的天边的客栈，它也变成了苦难灵魂的集中营。

1

前面就是梨园了
白色的梨花，在红土上闪烁
有人早就抵达了，正在重修烽火台
升起的狼烟，客观而又猖獗
像一条伸向天空的吸血管
她说："在错乱的道路上
逆向走了这么久，我不想
一下子就回归于生活的处方笺。"
她说得很对，我们折转身无望地
走进了一片冷飕飕的坟地

2

无望是我们的信仰
无望在天空上写下自己的名字
与星星站在一起
无望做安身立命的农夫
跟着河流出走又悄然返回
无望，无望铲除这些牵衣的
鬼手一样的刺蓬
无望自由地决定生的可能性
而死却天天都有可能光临
我说："这坟地上的落日很壮美！"
她迅速脱掉衣裙
要求落日归还她裸体的烈焰

3

在黑夜中的荒地上不辨方向地走
我说："不能向假想敌妥协
我们的身后还应该有一头像他
一样疯狂的豹子！"
但她已经受够了总是被逐杀的命运
停了下来，望着我："有豹子吗？
它有铁的面孔、刀的心？
因为假想中的豹子而疲于奔命
我们是不是很愚蠢？我们的奔跑
真的只是为了躲开
终归要来的死亡？真的就是
为了奔向本不存在的自由？"
我们都说服不了对方
自己的双眼含着自己的泪水

4

没有比这更糟糕的局面了
我们都坐到了地上，双手掩面
我是从一个人的邪恶中
推算出一代人的邪恶
她则站在众多的恶棍中间
难以分辨哪一个恶棍具有象征性
身边有夜鸟飞扑
有人形的黑影一闪而过

5

对谁都应该有约束
但不是在骨架上架设铁丝网
对谁都得派人监控
但不是在每颗心脏上
安装窃听器。还必须提醒人们
漏网之鱼逃不出汪洋
而汪洋已经不是放生池
它已经主动将自己
改造为浊浪滚滚的餐桌
……我们在太阳初升的时候
来到了一座石头山下
她不认为劫后余生仍然是困境
用脚踢一块石头
希望石头支持她的谬论
我则把自己塞进石头
在石头里望着她
除了翻滚，咬着牙，什么也不说

6

山上有人在种松

有人在下棋

有人在牧羊

种松的是个在逃犯

下棋的是个出家人

牧羊的是个屠夫

我和她什么标签都没有

坐在水边的青草上洗衣洗云朵

她叫我刀斧手

我叫她女汉奸

一个年老的瓜农，挥舞着一把铁锤

在河滩瓜地里砸瓜

边砸边叫："砸死你

砸死你这个与我为敌的坏分子！"

我们低头洗衣

鲜艳的瓜汁染红了流水

7

她说："在砸与劈这两个字中间挑

我喜欢劈。利刃，劈，劈瓜

劈，一个瓜农在劈瓜……"

她把砸字与铁锤扔给我

我只能想象铁锤不停地往下砸

西瓜纷纷粉碎

那满天飞溅的是血红的瓜瓤子

走在空无一人的村庄里

我们看见桃树下桃子腐烂

梨树下烂梨飘香

村庄的魂魄已经走掉
地底下的废墟破土浮到了地上
她来到自己的家门口
站着，看着门上的铁锁和蛛网
想不起来亲人们都去了哪儿
我吹着口哨
用脚踹开了宗祠的大门
里面只有一只母猫，子孙浩荡啊
它生了一堆瘦小的孩子

8

闪电一再击打相似的头颅
雷暴也总是宣读同一道圣旨
在一条废弃的铁轨上
我掉头看见的是反复涂改的未来
她飞一样向前
抓在手心的，却不是一纸遗训
而是一只鲜红的气球
任她怎么戳，也无法戳破
冬天来了，我和她得在冰冻之前
在铁轨两边种满桃树
桃树身上有妖气
桃花香里藏故国
那腐烂的桃花铺满废弃铁轨的景象
我们没有多想

9

稻草堆上躺着，月亮低垂
"饥饿与卖淫是不是递进关系？"
她边问，边答："它们共生！"

我起身点燃了一堆稻草
捧了一捧火花给她
"我见过很多返乡的婊子
她们从良了，但没有一个男人
能够满足她们的肉欲。"
她说完，身体猛然滚向了火堆

10

月亮，她想把月亮敲烂
月亮，她敲烂了的月亮还挂在天上
月亮，是她悬挂到天上去的月亮
月亮，我在一个肮脏的乡下诊所里
与医生讨价还价
补回来的硬币像一堆月亮
她浑身的水泡像月亮
为了止痛，她大声叫着"杂种，月亮，杂种，月亮……"
医生说：噢，月亮
输液的梅毒患者也说：噢，月亮
他们叫着他们自己的月亮
唯独一个濒死的老人，无人守护
他一声不吭，偏着头看月亮
那真实的月亮挂在诊所的屋檐上
只有这个月亮是上帝的月亮

11

群山只是山
我们视为起义的大海
黑夜只是睡觉的时间段
我们发现并夸大为黑暗
上帝啊，您的人，数量越来越多

那个吸毒的母亲
卖掉了她最后一个儿子
她是卖给您
她用换回来的毒品了结自己
她是把自己还给您
我们知道，现在您就坐在这小诊所存放假药的地下室里
您不会现身的，而我们
也会继续把诊所想象为生命的禁区
那个死在门槛上的母亲
她贴身的衣袋内，装着一封
无法寄出的写给儿子的信
这信，也只能寄给您

12

王屠夫的暮年在猪厩里度过
他死在了猪厩里
他死的时候，五个儿子
在五座城市的五间出租房里酣睡
他一丝不挂，与粪土抱在一起
五个儿子睡姿各异
不知道屋顶上挂着月亮
月亮知道他有五个儿子
还知道五个儿子都在异乡睡着了
冷飕飕的夜，月光照进猪厩
在他走到尽头的
骷髅般的身体上
盖了一层白布

13

我们遇上了王屠夫的葬礼

十六个白头老翁

跟跟跄跄地抬着一具棺材

走在遍布枯草的路上

后面跟着几个老太太

天上跟着一只老乌鸦……

她一脸的疤痕，但还是从火焰中

回到了人世。她说："没有人哭

让我替王屠夫哭一场吧！"

这个天生的戏子

悲声一起，送葬的队伍

突然就向着她缓慢地移了过来

一个苍凉的声音告诉她

"孩子，这是你爹的遗骨……"

我们跪倒在了路上。闭上了眼睛

不相信戏剧的真实性

等到一睁开眼，老人们已经走空

身边一具棺材

上面站着一只乌鸦

14

受限于向上的生长力的弱小

几个侏儒在山顶上跳高

受限于缓慢的奔跑速度

一个瘸子在坟场上建了一间铁屋子

受限于锥心的荒困

一群黑山羊在沙丘中绝食

受限于冷血、直接和避不开的凌辱

那个光彩照人的乡村女教师

躲进了一具傻瓜的躯壳

她彻底开放了自己的阴户

裸着身子，躺在学校的操场上
傻等着天下的男人去交配
受限于迟迟不来的春天
娇美的花朵都找了塑料花做替死鬼
受限于羞耻，身份证上
我们把名字涂改成动物的名字

15

一条即将被涂红的引水管道
在山野上荒废多年，风调雨顺时
人们甚至把它当成了
社会主义铁打的巨蟒
我骑在上面，她也骑在上面
我们知道它不会飞
会飞的是旁边飞得无聊的杨树叶子
我们还知道它真的是废物了
什么坚硬，什么甘露
什么浇灌，全都是鬼扯
这一年春旱，一支施工队来了
不准我们骑在上面
但我们还是一直骑在了上面
他们运来了油漆
很快就将生锈的管道
涂成了血红的管道
只有我们骑着的那一段
没有红色，暴露着废物的老底
这根管道，瞬间变质，被指认为
新修的惠民水利工程
说它让焦土变成了良田
有人来剪彩，我们骑在上面

有人来取证，我们骑在上面
有人想炸掉它，我们骑在上面
我们就像两具渴死的干尸
死死地等着那救命的水阳

16

孤立于麦田中的是一棵白杨树
它贴着土地的根部
上有深深的刀口，这是否说明
有人动过砍翻它的念头
迎面走来的男人
提着一把斧头。他的脸上
也有深深的刀口，这说明
有人动过剁掉他的念头
这些身藏杀心的人是谁呢？
如果他们的杀心还随身带着
而且天天行走在人群中
他们会不会再次下手、下死手？
……想着这些悬而未决的事
我弯腰捡起一个踩扁的易拉罐
打飞了白杨树上的喜鹊

17

"你没看见河床上那些鲜花吗？"
"你没听出白鹤的叫声里有鸦啼吗？"
"你没想到邮差就是毒贩子吗？"
"你没感觉我们一直活在不同的时间里、王国中？"
她连续四次发问，头发上的草屑
被腥风吹到我的脸上
我找不到想说的话，望着她

她将身上泛黑的白袍往上卷起
遮住了自己满是疤痕的脸
结果又露出了伤痕累累的乳房
我点燃了一支香烟
看着河堤上那个骑自行车的人
他自行车的后座上
绑着一只大而无当的空箩筐

18

河堤上的野花还是开了
这些轮回于开放与零落之间的野花
又坚韧地开了。它们不合时宜
开得像多年以前死在迎亲路上
的那些新娘子。开出了创世的欢喜
也开出了末日的静默
它们一朵挨着一朵
像哑巴们白森森的牙齿

19

一座孤坟前只跪着一个
枯叶一样的扫墓人
回乡路上只走着秋风似的一个人影
这魔幻现实主义的寂静
搅乱了时间，也令我内心失重
令我想做魔术师、驯兽师
和古典主义的刽子手
令我悄悄建立了迷宫里的巨人国
她已经受够了时刻都有
被强奸之感的旅程
说："一群鸟从我眼眶中飞走了

昆虫正络绎不绝地
从我的阴道一只接一只地爬出
哦，你看啊，我多像一个
人人得而倾泄兽欲的女俘！"

20

空空如也的山野
在我与她身边剧烈地波动
像烟火里的一座空城
处处浮荡着假借圣道的喧嚣
那具有统治力的声音
甚至来源于巫术
名义上我们有酉灵鸟才有的发言权
狮子或狐狸一样的行动自由
享受着幻觉中才会出现的美好待遇
但是，在街边上，车间里，家中
我们得时刻提防那防不胜防的
没有先兆的事故
只能沉默，只能关锁自我
是的，正如那一场场地震与滑坡
一旦来临，这山野之间
能仓促地躲开天灾的生命一直不多
因为在这山野上行走
我与她都沦为了山谷中的
石块或羊羔，抑或生命被强加在了
任何一个山民的身上
变成了山谷的公共资产，难以抽身
难以反抗这公开的霸道的鲸吞
彻底失去了自己，难以赎回
"我"字和"我们"已经被征用

不知何时才能由我们
用我们的嘴巴，重新喊出口

21

一条江水挡住去路
到处是鹦鹉养殖场的这边是西
彼岸笼罩在雾瘴里，是东
我想，写诗的事，不就是为了写出
这样的一条江水，让它作为界河
……她逐渐变成了我的反对派
从芦苇丛里找来了一条小船
撑船的人，骨相奇异，目光炽热
是她失散多年的哥哥
但他们已经辨认不出对方
忘记了自己的出生地和名字
开着露骨的玩笑，相见恨晚
搂着肩膀坐在船头钓鱼
我潜入水中，熟练地取掉诱饵
不停地拉扯他们的鱼钩
甚至将渔竿拉到了水中
他们对我置之不理
江水清澈啊，他们看着我
像看一头犯傻的水怪在表演哑剧

22

春草稀疏的江岸欠我一幅骑牛图
平坦的田野欠我一幅农耕图
小路欠我几个额上流汗的农妇
池塘欠我一阵蛙鸣和捣衣声
屋顶欠我丝绸一样的炊烟

寺庙欠我一个个心事重重的香客
村庄欠我天人合一的生活现场
树荫欠我讲故事的人
以及那荒诞不经的故事
时光欠我首尾相接的反复性
实用主义欠我一座迷宫
村长欠我一份正义和一颗良心
悄悄死去的老人，欠我
一封封死亡通知书
生活欠我一个主题
生命欠我从容和体面
就连从我头顶飞过的孤雁
也欠我一声哀鸣
我是如此的恋旧，如此深入骨髓地可怜自己，在故
　乡的地界上
却自己欠自己一个异教徒的上帝

23

她砍倒一片竹林和紫藤
想搭建永久的居所
但又觊觎那些无人的石头房子
她高声问我："我应该怎么做
才能让新建的房屋
拥有记忆和出处，拥有道德感
并有鬼神暗中护卫？"
她的哥哥已经划船离开了
我知道，这个随时随地都在死去
又重生的女人，她挥舞着砍刀
来到了我的身后
我没有回头，继续在山丘上

挖掘自己的防空洞

24

无人采摘的果实，没有成熟之前
不敢过多地奢望丰沛的雨水
注定要成为下一代产业工人的孩子
他们在荒村里，失教于天道
纷纷撇开了血缘，学会了独立
自称是墓地或废墟上
旁若无人地长大的一代
亦称粉碎的一代
他们目光阴沉，习惯了抛弃与屈辱
像喝足了狼奶与激素的机器人
一身的邪劲儿，随时准备
戴上我们的脸谱，以我们之名
锋芒毕露地向我们猛扑过来……
以诗人的身份，混迹于他们中间
我知道，这是一场被培育
和操纵的、继往开来的自杀运动
那翻江倒海的盲从与私欲
源于屡遭涂改的批判现实主义
但却劫不了天庭的法场
顶多只会找出荒诞主义的结局

25

遇上一场婚礼：新郎穿着劣质西服
新娘穿着租来的婚纱
没看见任何亲朋，也没有任何仪式
两个人，一前一后
在村子里沉默着走了一圈

然后，头也不回地离去
从始至终，只有一头脏兮兮的老狗
跟在他们后面，叫过几声
似乎认识他们
他们走出去很远了
一个在墙根下晒太阳的老人
才从昏睡中抬起头来
看了一眼另一个昏睡中的老人
离他们几米远的地方
立着一根当年拴马的木桩
端头上面放着一袋喜糖
和一张没有时间与地点的结婚请柬

26

整整一个下午，她都低着头
看一汪积水里的云朵
到了晚上，不知从哪儿找来了铁锤
和一堆铁钉，在月光里
赤身裸体地钉一张壮阔的竹床
她说："每一根竹子里都藏着鹭鸶
不去白衣寨了，我得留在
这张竹床上，变成一只鹭鸶！"
她身上的疤痕悄悄地消失了
腰肢只堪一握，却又充满了蛮力
多美的乳房啊多美的臀部
多美的长发啊多美的四肢
它们都在恣意地飞舞
伴着铁锤的一声声拍击
和铁钉钻进竹子的吱吱声
我一度情绪失控，幻想着在竹床上

与她生儿育女，建立一个
反时代价值观的小型根据地
我还为自己的幻想击节而歌
为那幻想中的未来激动不已
我以为自己回到了皮肉的躯壳
终于可以过上与世隔绝的日子了
她也一度丢下手中的铁锤
依偎着我，让我把脚边的萤火虫
放在她平滑的小腹上
噢，我们像一对相爱的人那样交配
又像一对贴身肉搏的恶棍
热血偾张地搜捕着
彼此肉体中的吸血鬼
"这是爱？"我们同时向对方发问
那时候，一个梦游的老妇人
一身白衣，来到了我们身边
老妇人的声音气若游丝：
"你们是谁，这是什么地方，
你们来这里干什么？"

27

她跟着梦游的老妇人走了
结局归于梦境
我一个人到达了白衣寨
一个雨林中冷僻的边境小镇
人丁少于象冢，狮虎皆为仆役
我投宿的旅店很小
名叫"烹象处"。我进去时
几支巨形的烛火燃烧得很旺
老板娘正念着咒语

药浸一把月形铁刀
从她专注的神情中可以看出
她还迷恋着咒符和邪恶的暴力
我叫了几声，她才睁开眼
没抬头，声音冰冷："客官，
你是来贩玉，还是来礼佛？"
旅店里没有其他客人
只有她的两个儿子，穿着袈裟
眉目如画，坐在楼梯上埋首于经书
入夜，星空下的小镇万籁俱寂
老板娘在水龙头下
一遍接一遍地漱口、洗手
于循环与重复中肢解着什么
我则在楼梯上跑长跑
上去，又折下来，咚咚咚的脚步声
没有出处和去处，像经书里
从不长出枝叶的那棵菩提
有一段时间，夜空里
传来了一阵阵枪炮激烈的轰响
老板娘关掉了水龙头
站在院子里，静听来自邻国的喧嚣
身子在战栗，仿佛有一颗子弹
正飞行在她的身体里
"他们铁了心去送死，就是为了
从远方送回一阵阵枪炮声？"
她说的他们，原本是一些和尚
其中包括两个小和尚的父亲
无人引渡，他们的遗骸
没有运回白衣寨
仿佛彻底遁入了空门

因此，我的一生就交给了最后一件做不完的事：在
　　象冢的旁边
修筑一座座只埋葬袈裟的衣冠冢

28

小镇的四周有很多溶洞
我的胸腔里因此住满了蝙蝠
小镇日出与日落的山丘模样相同
我的世界观因此生死无别
噢，小镇上的人
每一个都负担着几个人的命数
他们却喜欢躲在挂满遗物的衣柜里
也有人彻夜狂欢，骑在
纸扎的孟加拉虎背上无遏制地喝酒
我想，这个小镇很快就会泯灭
幻化为空，重新成为荒地
但谁也不知道，这脆弱的生命
到底还能供我们挥霍多久

李 琦

诗 人

大雪如银，月光如银
想起一个词，白银时代
多么精准，纯粹。那些诗人
为数并不众多，却撑起了一个时代
举止文雅，手无寸铁
却让权势者显出了慌乱

身边经常有关于大师的
高谈阔论。有人长于此道
熟稔的话题，时而使用昵称
我常会在这时不安，偶尔感到滑稽
而此刻，想起"大师"这两个字
竟奇异地从窗上的霜花上
——地，认出了你们

安静的夜，特别适合
默读安静的诗句。那些能量
蓄积在巨大的安静中
如同大地，默不作声
却把雪花变成雪野

逝者复活，这就是诗歌的魅力
一群深怀忧伤、为人类掌灯的人

他们是普通人，有各种弱点
却随身携带精神的殿堂
彼此欣赏、心神默契
也有婚姻之外的相互钟情

而当事关要义，他们就会
以肉身成就雕像，具足白银的属性
竖起衣领，向寒冷、苦役或者死亡走去
别无选择，他们是诗人，是良心和尊严
可以有瑕疵，可以偏执，甚至放浪形骸
也有胆怯，也经常不寒而栗
却天性贵重，无法谄媚或者卑微

遗 孀

她们，被尊称为伟大的遗孀
在俄罗斯，这几乎是一种传统
被命运蹂躏，与爱人一起蒙难
伴侣死去，来不及柔肠寸断
逗留在世上，颠沛流离
只是为了，变成一支记录之笔
就像那些十二月党人的妻子
扑向丈夫，先在镣铐上印上亲吻

冰冻的岁月，危机四伏
必须动用全部的潜能
深夜，背诵亡夫的文章或者诗句
一遍一遍，警惕地回忆、整理
每一章，每一行，都是重逢

最熟悉的形貌、气息、声音
曾经的怀抱，一一扑面而来

遗孀，这是她新的名字
也是她活下去的理由和勇气
如今她是有躯体和容貌的墓碑
至于曾家境优越，曾貌美如花
最好的年华遇到最出色的人
那一切，已经成为遥远的过去

刻骨之爱。却已不仅仅是爱情
这幅员辽阔的庄严，大于国土
优美的小夜曲，伤痕累累
最终变成教堂的钟声
她竟然实现了丈夫的诗句
"双唇即便在地下也依然会嚅动"

苦难之书，却丰盈着一种生气
平缓，从容，像伏尔加河的流水
也像俄罗斯大地上，那种
随处可见的，茂密幽深的树林
这未亡人的心啊，浩瀚深邃，不知不觉
她已满树繁花，活着，却已是再生

大雪之夜，读一本回忆录
像乘坐雪橇，在天堂的雪原上穿行
久久地，端详着作者的肖像
她脸颊瘦削，她目光平静
这圣徒一样的女人，将这个夜晚变高
我庆幸在这里与她相遇

请允许，我用汉语悄声致意
谢谢您非凡的记录，这文字不朽
尊敬的曼德尔斯塔姆夫人，敬请安魂

风雪之夜看窗外

看车子像各种昆虫经过
看一对不怕冷的情侣经过
他们依偎着，像是彼此的部首偏旁
看一个醉汉摇晃着经过
三心二意，像一个正在拆开的汉字
看一张纸片瑟瑟地经过
看一顶破帽子擅离职守地经过

看北风经过
看月光经过
看二〇一四年最后的时光
就这样悄然经过

再过些年，也有风雪之夜
我此时站着的这个位置
谁会在怅望。他或者她
能否想到，从前，一个平凡的诗人
心事重重，曾从这世上经过
想到这一幕，我举起手
算是提前
给后人打个招呼

这么静
——拜谒腾冲国殇墓园

这么静，静得悄无声息
三千多个隐去身躯的人
从士兵到将军，按生前部队排序
仍旧是一支队伍
每个人的身体里，都有子弹
有怒火、血性，爱恨情仇
三千多座墓碑，默望着天空

这么静，静得让我相信
这里一定发出过巨大的声音
某个雷雨之夜，或许
三千多个声音会一起呼唤
喊疼，喊彼此的名字，喊未了的心愿
喊故乡，喊妻儿，喊至爱亲朋
喊得雨水滂沱，喊得星光颤抖
喊出如此空旷而怆然的一片寂静

这里安葬的

这里安葬的
是一个孩子
他，十六岁
七十年前，战死于腾冲

他如果活着，比我父亲
大六岁。父亲儿孙满堂
每日听京剧，读报，衣食无忧
正在安度晚年的时光

而他的手指
可能还没触动过异性
甚至可能刚学会扣动扳机
一切，都还没有开始
一场战事，迅疾地
让他成为了烈士

轻轻地念着那年轻的名字
真是难过，百感交集。我想说
我知道许多毫无意义的事情
居然是在那么多年后，才知道
你们的牺牲，你们的故事
在你简朴的墓碑前
我感到一种可耻

再来国殇墓园

国殇墓园，九点开门
而我的同伴很快就需返回
苦口婆心，我央求着门卫
我说，我们专程来祭奠
东北人，有早晨上坟的习惯

还好，最终被允许

手执鲜花，脚步轻抬
我们怕惊扰了那些
安睡多年的灵魂

二〇一四年岁末，一个月之内
我两次到腾冲，每一次都有
惊心动魄的感觉，每一次都接近
肝郁气结。想说点什么，又最终止语

站在墓园，想到生命的轮回
以命换命，我们是在替他们活着
因而，不可以匍匐着走路
不可以轻狂，不可以卑贱

西华苑送别

西华苑，肃穆之地
这一刻却很是热络
同一座城市，一些熟人多日不见
在此聚合，互相招呼，彼此亲切地询问
或者喟叹"人生如梦"，一阵表演式唏嘘

向遗体告别。那一瞬间
竟仿佛虚构的场景。昔日熟人
此时分为生者与死者，同时
滑向虚无。悼词很空，全是废话
他的一生，其实很好概括
基本正直，怀才不遇，好酒，偶尔偷情

那么挑剔的人，以脾气火暴著称
此刻他躺在那里，脸上化了妆
戴着一顶古怪的帽子，任人瞻仰
因为成了遗体，只能忍气吞声

我回忆起死者生前的一些片段
经常口出狂言，热衷于推杯换盏
病来如山倒，他说要和命运搏斗
还引用了一句名言，忘了是谁的
弥留之际，他的眼睛一直望着房门
就像在期盼什么人推门进来

人流散去时，我看到了她
那最后绯闻里的女主角
面如白纸，几天之间，竟已脱相
那种悲伤让人动容。痴情的女子
好像已在他之前，先期成为灰烬

李元胜

青龙湖，雨中

挽着一场小雨散步
同时也挽着水珠、记忆中纷乱的线条
只用了半天，我就高一脚低一脚地
完成了编织

天空上悬挂着曾经的青龙湖
透明的躯壳里，湖水摇晃着
一张张逝去的脸、翅膀以及
我们茫然无措的爱
在幽暗的小院中，我仰着脸——
一切依旧美好而残忍

我离开，小路便松开
它紧握的所有树枝
青龙湖缓缓下降
回到现在锈迹斑斑的位置
它拒绝了所有的修改
以一颗深谙世故的浑浊之心

川河盖①

这些开着的花

---

① 重庆秀山一处高海拔草场，当地把高海拔地区称为盖。

是性的伤口
有的疲倦，有的惊喜

小路的存在
只是为了笨拙地把它们缀接起来

当我站在川河盖的边缘
啊啊，所有收集野花的小路
都在汇聚
都在穿过我

在这辽阔高空
只有我
只有我是唯一的针眼

苞谷烧①

涌上来了，那些燃烧的田野
每一粒苞谷中，都有我在清朝打翻的酒杯
有我踉跄的脚步

我要死死地压住你
唐朝的繁花，民国的镰刀
除了收割我们不能相逢

刀光里有我们的青春、中年和暮年
而来生不一定有你

―――――――――

① 苞谷烧，渝东南地区的一种苞谷酿造的土酒。

你走近的每一步，都晃动着我和星空

让所有美好的头颅
都扔下浑浊的身体吧
扔下那些岔路，那些写错的诗句

我要死死地压住你
收割是诀别
更是反复而疼痛的归来

剩下的时光，就像一根旧绳子
还来得及，让我们扎好一切
让它们具有稻草垛的秩序和形状

插秧季

田野铺开微微反光的纸
水稻开始写字

写得规矩，写得压抑
仿佛屏息临帖，每笔都是颤栗的哀歌
每个字都有轮回的酸楚

写啊写啊，田野千古不变地
复习着水稻的一生，我们的一生
摔碎又重新拼合的镜子

空气中充满了笔画
仿佛先人的骨头，坚硬地戳过来——

我只好把自己的骨头迎上去

写啊写啊
一直写到我身上的汉朝醒了
宋朝也醒了，连私奔到扇子上的花鸟也醒了

连碗里的米饭也醒了
我正想说啊不，它们甜蜜的牙齿
已经碰到了我的牙齿

彩云湖

我在这里有过两次散步
第一次是逆时针，第二次是顺时针

两个我这样走着，带着不同的沉思
围绕着深不可测的湖水

但我们从未会合，也从未交错
时间隔开了所有有趣的事情

我的脚步牵动着湖水
成叠的唱片，转动在幽暗深处

第一次转动，有低沉的金属
第二次转动，有发亮的丝线

从未会合，也从未交错
但是，我们在同一个湖里交换了金线

落日赋

像最后一刻那样呼吸
空气，颤栗如薄薄的黄金
像最后一天那样凝视
落日沉重地落进眼眶

像回忆一样散步
像诀别一样的爱你
所有的时间，叠印着你的影子
仿佛不断冰结的水晶

因为每天，我都经历一次死亡
每天，我只是有可能
和朝阳一起再次出生
我回来，仿佛是为了那些茶叙
它们如此之美，经得起奇迹般的相逢
经得起轮回般的生死

黄　昏

黄昏是黑夜之前
一段很短的路
人生是寂静之前
一段很短的路

我们留下泛黄的照片

激动和笨拙的文字
我们留下用旧了的世界
它在变暗——
仿佛被遗弃的蝉蜕

只有星空保持着永恒

生活在一天天变小
正如当年它一天天变大
那时地名人名涌来
眼前层层叠叠的浪花

如今一切变旧、变轻
变得无关紧要
就像现在，世界
缩小成一盏灯的大小，时光
缩小成睡前的这几分钟

辽阔的风景，缩小成
眼角的不易察觉的潮湿
世上安静很多，城市的喧哗
缩小成一个人的心跳

我们在变小，在告别
只有星空保持着永恒的大小
仿佛永远充盈，仿佛
没有过生活，一切从未存在

我需要

我需要激烈的一天
悲伤的一天，狂喜的一天
充满奇迹的一天
需要用一年来回味的一天

我需要激烈的一年
狂奔的一年，沉醉的一年
充满暴雨和巨浪的一年
需要用一生来平静的一年

我漫长的一生
需要这一天的颜色
需要这一年的曲线

我需要这些激烈的颜色和曲线
从日落到日出，从春天到秋天
时光就像一架巨大的钢琴
把它们反复演奏
永不停息

给

风还在徒劳地吹着我
我不是单独的，我属于一个类型——
狂热的心，羞涩的笔

生不逢时的身体
它们在一张纸上彻夜辗转

在一本书中熟睡
必定在另一本里醒来
时光的尾巴拖过
我用迷茫，爱你的清醒
用距离，爱你的漫不经心
直到这些爱沉睡成纤维
由你重新编织
你的清醒是美的，漫不经心是美的
编织也是美的
当然，也是徒劳的
曾经我通过接纳你
接纳这个世界
如今，我尝试通过原谅你
来原谅那些风，原谅
那些辗转反侧

献　辞

我收集着微弱的事物
从苦难之书，从阴暗的办公室
从这块大陆到另一块大陆
从童年到暮年，直到——
我心中充满沉默的球茎

刘立云

陪一位老人去南方寻找父亲

医生在她的脖子上拉了一刀，取出
癌；一场车祸折断了三根肋骨
七十九岁那年，又被机器诊断出中度脑梗阻
症状为：头晕、目眩、间歇性呕吐
走在路上常常像风车那样旋转，之后
栽倒，手脚被跌得青一块紫一块
体无完肤。这个浑身打满补丁的人啊
她知道她老了，但执意要去南方寻找父亲
寻找她血脉的源头。她说她可怜的父亲
死于暗伤，他用了四十八年去死
用了四十八年把身体里的气血、蛮勇
忠贞以及积攒了近半个世纪的眷恋
一点点耗尽；用了四十八年，把尸骨
从南方一路抛向北方。四十八年之后
又过去四十五年，她说，风雨洗刷草木
她要把她父亲散落的骨头，一块
一块捡回来，洗干净，埋在她心里
这个浑身打满补丁的人啊，她跟跟跄跄
颤颤巍巍，在人迹罕至的高山上走
在茅草霸占的鸟道上走，像一只纸糊的灯笼
站在近处听得见她身体里有瓷器
打碎的声音，布帛像帆一样渐渐鼓满的声音
我走在下风口，小心翼翼地搀着她

时刻提防小小的一阵风吹过来，便会
哗的一声，把她身上的补丁再一次撕开

卷珠帘

卷珠帘唱红了一个人。他站在蓝色追光中
峨冠博带，真有点醉花阴和临江仙
的意思。吃腻了粤菜、湘菜、上海本帮菜
以及让人大汗淋漓的麻辣川菜，我理解
但凡胃口好的吃货
都想来点新鲜的。"啊，胭脂香味
卷珠帘，不为谁。啊，不见高轩……"
多美的意境！多么古典。搭乘纷披的落英
那些夜半梦游的人，意兴阑珊的人
差不多就要崩溃、软瘫和晨昏颠倒了
但且慢且慢，人在旅途，家有
吼狮，每天像亡命般地在职场穿行
你有胭脂可闻？珠帘可卷？你养得起莺声
燕语，从珠帘间透出的薄如蝉翼的
晨光中，慵懒地唤你那个人吗？
噢，卷珠帘，卷珠帘，卷完珠帘洗洗睡

溺水记

那水凉彻骨肌，这是我后来体验到的
而漂在水面上的那个人，她
百媚千姿，兴风作浪
曾被我误认为一朵阳光，一朵爱

你知道塞壬漂在水里打开她妖媚的好嗓子

多么动听！那时有人在岸上

接吻，有人在河边插足

我跳进水里冒冒失失地去捉她

捉住的却是一对湿漉漉又滑腻腻的翅膀

谁让我只有一缕风的力气

一根稻草的力气呢

但她偏偏就抓住了这缕风

抓住了这根稻草。谁说开始也是结局？

当她在水里继续歌唱

当我沉在更深的水里，暗无天日

拆迁记

天使也会成为暴徒？十年前我拔第一颗牙

他挖掘，敲打，摇晃，在我的口腔

施工，用小铁锤和化学混合物

填埋塌陷的洞穴。之后，我照样抽烟，喝酒，熬夜

从未意识到身体也会用旧

而野蛮的拆迁，从这一天开始了

三年后我疼痛、恶心、狂吐，抱着

腹部，在病床上打滚

医生乜我一眼说，开刀开刀！典型的

急性阑尾炎，必须趁早割掉

又说阑尾即盲肠，管腔狭窄，囊状，纯粹多余的东西

藏污纳垢，类似在身体里养一条蚯蚓

我说，割吧，割吧，打开我腹腔

但凡多余的东西，让我疼的东西

还有，不是东西的东西，请都给我割掉

五十五岁例行体检，测骨密度的机器
嗡嗡喊叫，提醒我骨质疏松
"肉身没有阳光了，必须补钙，补维生素
ABCDEFG……"医生看过图谱后警告说
我的骨骼脆了，酥了，有如地震后的山体
随时可能崩裂、坍塌、大面积滑坡

今年我六十岁，离生日还有三十九天
国防部追踪我那台时光扫描仪
正进入倒计时。而我新的病历还有如下文字：
前列腺增生、直肠位置出现异物
胸部透视可见油腻，疑似脂肪肝
颈部左右侧甲状腺各有一结节，0.2×0.3

我可不可这样理解：我用旧的身体已是
一座危房，离倒塌和最后的强拆
不远了，而横冲直撞的推土机
正加足马力，朝我轰轰隆隆地碾过来……

挖掘记

我老家把生土叫三花土，就是选定某块
穴地，往深处狠狠地挖，狠狠地
挖，挖到锄头没有到过的地方
挖出大地的脚趾，让它露出从未露出的
真相

那年我就这样挖过，带领我四个从各地
赶回家的弟弟。我们泪水纷飞
从早到晚，疯狂地挖
撕心裂肺地挖，挖出的三花土
鲜艳欲滴，让我痛，让我的心一阵阵战栗
让我忍不住趴上去，闻它们，亲它们

水渗出来了！从未见过天日的水
清澈而又冰凉的水
如同在水的背面镀着一层水银
如同拉锯战中的反占领，反蚕食，反渗透
这时，我母亲的一句话让我们五个人
五个正在挖掘的亲兄弟
失声大哭。我母亲说——
他造了什么孽啊，天要罚他坐水牢？

生土就这样变成了熟土，因为它
从此有了人烟
从此有了我父亲渐渐腐烂的尸骨

故乡的老母亲如是说

都死了。故乡的老母亲说，那些曾和她
打纸牌的老姐妹，都死了
——山脚下的梁素英死于癌痛难忍
用一根绳子，吊在了灶房的窗棂上
河边的冬秀奶奶死于望眼欲穿
大年三十咽气，她在广州捡垃圾的儿子和女儿
赶回来奔丧，到家那天已是正月初三

黄坳那个童养媳还记得吗？
就是清早走三里路，肚子上系一只布兜兜
每天用体温来热那兜饭的张婆婆
她多好的一个人啊，至死都不愿
麻烦乡邻。走那天就像六十年前出嫁
她自己梳头，自己换寿衣
自己爬进放在暗房中的那口棺材里
待人发现，眼窝已被老鼠挖空
母亲又说，死了，三村四寨，方圆五里
再也凑不起一桌打牌的人了
她们就像等不及似的，就像急着去
那边团聚和赶集似的，都死了
剩下她每天坐在烟熏黑的屋檐下，独自打盹

六十岁撒一次野

六十岁，一只蛋滚向办公桌的边缘
离坠落、粉碎、肝脑涂地
还差三公分
正好与我剩下的工作时间，相等

六十岁，一只蛋滚到办公桌的边缘停住了
是我按住了它。是我让这只蛋
在三公分允许的范围内

停止前进，而后横过来，向两边移动
是的！我就是这只蛋，我命令自己
停下脚步，在六十岁的时候撒一次野

当然。我是一个好人，一个听话的人
循规蹈矩，就像一朵葵花
一生接受阳光的指引
和驱策。又像一匹马，不用鞭打也能蹄声
嘚嘚，把车拉到指定的位置
到六十岁，我又发现我是一只蛋
一只摇滚里唱的红旗下的蛋
我圆润光滑，一路滚动，从未被打碎

六十岁，我上班故意迟到十五分钟
下班公然提前半个小时
说话的声音，不知不觉加入了火药和雷鸣
脚步也放缓了，从一楼爬到四楼
我上来慢慢地数一遍，下来又慢慢地
数一遍，如入无人之境
六十岁，我不请示，不汇报，不鹦鹉
学舌，不使用陈词滥调，也不像
看天气预报那样，看人们脸色的阴晴圆缺
六十岁我松开手闸，撒一次野
把我那辆老爷车，开得心花怒放

刘 年

铁 匠

1

学过焊工和钳工，我会打铁
他们叫我刘师傅

我会把铁锤高高抡起
会把砧上的铁，打得火花四溅

打铁，没有别的诀窍
就是把铁，当成你最恨的人

2

改行后，我依然是刘师傅
把字烧红，锤打，淬火
有时候，打成砍刀；有时候，打成镰刀

经常半夜一个人磨刀
喜欢看刀逐渐发出月亮一样的光芒
我知道，刀，也在磨我

3

在筇竹寺，我怀疑
这个和尚也做过铁匠

不然，怎么会有这么大的一双手
不然，怎么会把木鱼敲得如此惊心动魄

冷

这么大的雪
你们看不见

艳丽的血迹
被手掌大的雪花，轻轻地抹去了
雪原上，战士还在爬

剥了皮的山毛榉
有三分之二埋在雪里

这首诗还有三行
埋在雪里

街头看人模仿迈克尔·杰克逊
黑礼帽，黑西装，太空步，机械手
一个死去的人，在三里屯复活

一手护住私处，一手坚定地指向远方
一个被人谋杀的人，指认的，却是星空

对于世道，我和槐树上的蝉，看法差不多
但是，我不敢那样撕心裂肺地喊

驼 背

朋友说，你能不能挺起来
像没做过亏心事一样
我试过，可做不到
就像弓，无法拒绝弯曲
就像稻子到了秋天
无法阻止自己一点一点接近大地

沉 默

鲇鱼像一个坚决不从的女人
扭来扭去

变成了两段还在扭
两段同时扭
有血的那头，在互相找
总也对不齐，总也合不拢
总也不做声

买盐回来，两段还在扭
有血的那头，还在互相找
总也对不齐，总也合不拢
总也不做声

两段深黑的沉默
偶尔碰在一起，也没有声响

当我老了

不想一次次参加朋友的葬礼
不想被肉体囚禁在床上，而门外，海棠不停地落
不想看到你的乳房，像母亲一样，垂过肚脐
不想看到儿子借酒浇愁的样子
当我老了，请让我像父亲一样
把所有的痛，半天痛完
让儿媳来不及厌烦
让在云南打工的儿子来不及赶回

忽已晚

父亲挖坑，二姐丢种，大姐丢灰，母亲把土盖上
我呢，绑篾圈在竿头，绞上蛛网，粘各色的蜻蜓
这个小恶魔，还在高粱林里，撞破了小青的好事
很长一段时间，看到麻山上的云朵，就想起一瓣肥
　白的屁股

大姐和小青下落不明；父亲洋芋般埋入了大地
二姐在电话里说，母亲去网吧找小外甥了
她问，没考上高中怎么办，我说我也不知道
路过广场天就黑了，这个无聊的中年人，买了朵棉
　花糖，慢慢地吃

隐 居

枯坐，写字，煮小粒咖啡
一天不下一次楼，一天不说一句话

闷了，在阳台上站一站
黑云低垂，仿佛有雨的样子

有点同情老天爷了
每天都得面对满目疮痍的人间

永顺城

几十年来，这里就只有我一个人
一个人买卖，一个人劝酒，一个人摇头，一个人看戏
一个人冷笑，一个人叹息，一个人挤公交，一个人排队挂号
一个人在人潮人海中找人

喜马拉雅

他背着洗衣机，走出了小镇
走向了喜马拉雅

店主说，他叫阿吉，三十七岁
运气好，三天可回到村子
运气差，会遇上暴风雪、泥石流，甚至黑熊

八年前，他的叔叔
在一场雪崩中，跌下了悬崖

他背着"海尔"双缸洗衣机
走上了喜马拉雅
像身背巨石的西西弗斯，踩得大地，一步一颤
空中，有震碎的雪粒落下来

不确信，雅鲁藏布大峡谷
前世是一片汪洋
但我确信，阿吉有一个深爱的妻子

悲 歌

为什么悲伤如此巨大？为什么欢愉如此短暂？
为什么，我如此眷恋生命？
我应该如何向你描述我的远方？
佝偻在土地上的人，天边的北斗七星，是永远拉不
　　直的问号

巴彦诺日公苏木小镇

"天上没有鸟，地上没有草。
三年一场雨，风吹石头跑。"
等车的时候，我默默地记诵着当地的民谣
这么长的一个镇名，却只有很短的一条街
而只有一米六三的我，却有一个好几丈长的影子

养龟记

养只乌龟，在玻璃缸里
于是，办公室里
还有一个生命，比我更安静

周末，带它回家
像个托钵的和尚，走在团结湖路上
于是，城市里，还有一个生命，陪我来，陪我去
陪我到巷子里，配钥匙

从此，出差会有牵挂
这个世界，还有一个生命
离我久了，会活不下去

它搅动着深蓝的夜
似乎想弄出些海浪来
开灯。伸出手指，它立马缩头
我只摸到壳上的伤痕

可怜这个胆小的孩子
它会活得很长
会看到很多我怕看到的

废 墟

所有的铁锁都在生锈，所有的粉刷都在剥落

所有的围墙，都在等待倒塌
于是，我把这片繁华，命名为废墟

一辆漆黑的两轮马车刚刚过去
没有人过问，里面坐着医生还是巫师
于是，我把断柱上那只沉默的乌鸦，命名为孤独

狗尾草已经高过了落日和庙宇
所有的承诺，已经变成瓦砾
于是，我把这座缺了一只腿的石狮，命名为自己

荨麻只长荨麻叶，牵牛藤只长牵牛叶
针茅只开细白的花，枇杷树不结一颗桃子
四季如此辽阔，从容和无微不至
于是，我把这片饱含泪水的大地，命名为爱人

时间和茂盛的言词不足以埋葬一切
一定能找到破碎的瓷器，证明历史的骨头
一定有土拨鼠在挖掘老栗树的根
于是，我把这个静如坟墓的废墟，命名为繁华

世人形容金钱和宫殿的，也可以形容草垛
站草垛上。你看到的是故乡，乌鸦，看到的则是死亡
于是，我把这些金黄的晚风，命名为疼痛

于是，我把那只打开翅膀打开沉默的乌鸦
命名为希望

胡家寨的牧羊人

寨子里只剩
胡生元和他的四十一只山羊

人走了，草就回来了
羊儿像新月一样，一天比一天肥
为了压寨里的阴气，胡生元
给它们一一安上了熟人的名字

头羊叫胡光宏
那是他的知交，一辈子都想当回官
五年前，在城里扎脚手架时，摔死了
就埋在青枫岭上
那里的草长得特别好

断角的羊，叫木匠老三
他断了一只手，也是左边的
下得一手好象棋
现在在城里摆残局

那只呆头呆脑的，叫杨代课
和杨老师一样，它个子瘦
经常望着远方，不吃草
村小并校后，不知下落
有次卖羊，胡生元看到他在场上卖一堆坱菌

怀孕的黑羊，叫兴华婆娘

羊羔的名字都准备了
公的叫胡健，母的叫胡秋燕
前者，在牢里蹲着；后者，在城里做小姐

最不听话的那只，叫胡兴华
胡生元每天都骂它娘，踢它屁股
他是村里的小组长
不仅搞大了唐玉娥的肚子
还砍了胡生元的两棵核桃
后来跟女儿去了上海，据说学会了跳舞
中秋，胡生元准备亲手杀了它

傍晚，青枫岭乌云滚滚
那只叫唐玉娥的白羊丢了
老胡满山地喊，声音凄厉
像喊一个离开了二十七年的人

路 也

出东山

月出东山，又大又圆
照耀着归途，我像一首诗那样
拐弯并折行
从山顶渐渐下来

天地正吱吱嘎嘎关闭大门，四周多么寂静
屏住呼吸，才能听到山间细语
今夜盛大月光要把世界映成一个剧院
农历十五，月亮在她的排卵期
无比饱满

柏树林勾勒出来的山际线
色泽也在一层一层加深
一只披黑斗篷穿白衬衣的大鸟
从草丛跃起，飞进暮色
我加快了脚步

山脚下的灯火在望
我的心已比我这个人先到了家
忽然，一只刺猬披着铁蒺藜拦在路上
它说：你好
并且给了我一个大大的拥抱

山间坟茔

去往东南诸峰途中，遇一座旧坟
枯草掩映着它的面颊
一个土包、一块断碑、两块条石
把死亡均摊

春节前夕，坟上刚刚压了姜黄色的冥纸
使得悲伤又被刷新
让经过者看清所有英雄的末路
弄明白在一个坏了的宇宙里不会有好风水
里面或许点着一盏油灯，或许有打不开的网络链接
那人或许还在等一个口信
四周的时间在返回，空气充满预感

一片开阔地留给了晌午的阳光
松鼠跳到墓碑上方的树枝，瞅着碑文
双拳相抱，求签问卜

我走近了，那被两三行碑文紧紧关闭在里面的人
试图文白夹杂
说服外面这个病得不轻的人
话语全都写在了风上

春天来时，里面的纵声大笑会透过变松变软的土层
传递出来
在它的左前方，桃花感动山涧流水

走远之后，在一段上坡路
又回头瞭望这座小坟
我瞥见孤独的源头
天地悠悠，每秒钟都正在变成灰烬

盘山路

盘山路充满狂想
高处巨石翻滚，低处页岩层叠

从盘山路远望
相邻两个小山包对峙，在下一盘棋
我的视线随一只鹡鸰移动，我与它共用一颗心

看得见群峰连绵，天蓝，风淡，太阳偏西
一个庄严的大气压
使这个冬日下午光芒万丈

我提着自己的心
越走越远，越走越高，越走越飘，越走越悬
越走越像行在老虎脊背
越走越没退路，感觉与尘世好聚好散

盘山路演示辩证法，我螺旋式上升
这样走下去，需要一根避雷针
需要一顶降落伞，需要在胆量周围
竖起一圈护栏

需要默诵：

"我是困苦忧伤的，
愿救恩将我安置在高处"

盘山路之上，盘山路尽头
天色渐晚，抬头将看到星星伶牙俐齿
侧耳会听到天上的说话声

我走在盘山路上，孤身一人像一支部队
这样走下去，一直走下去
会不会在某个拐弯处忽然遇见
迎面走来的自己？

信号塔

信号塔矗立山巅，孑然一身
相邻的山头上，并无一座母塔与它匹配
独身也是出于对生活的热爱

一个人抵达山巅，还想继续沿钢铁架构攀至塔尖
触一下潮湿的白云，嗅嗅天堂的味道
替人类瞭望一下前程

信号塔不是巴别塔，它只望天而不通天
亦无资格像教堂尖顶那样谈论救赎
它其实类似田纳西那只坛子，让周围荒野朝它聚拢

信号塔上足了发条，令周围空气发痒、微颤
它通知天空一些人间讯息
偶尔也把天上的想法，转发给大地

它采纳风的意见，收集飞行器的心情
它把晴空万里的热度和亮度积攒起来，去抵抗阴霾
它有时截留电缆里的幸福供自己享用

一群蝙蝠穿越信号塔周围的暮色，返回山洞练倒立
这些瞎子自带超声波以遥感未来
只有人类才关心命运，往天上发邮件并渴望得到批示

信号塔仰望天空的力度超过哲学家和圣徒
它每天早晨向天空脱帽致敬
周围山峦全都鞠躬，齐刷刷地配合
信号塔耸立山巅，没给自己留后路
它只拥有一条通往上苍的虚空之路
那条路在时间之外，那条路两旁栽满了小白花

柏树林

柏树林静悄悄
柏树林相信好天气
相信天是蓝的，云是白的
相信山势起伏得有理
相信半山腰红砖房是为与它般配而建
柏树林的根系抱紧岩石，姿势决绝
密密麻麻的模样整装待发
月黑风高时，气势接近谋反
比其他树木更像写下了决心书
柏树林穿着帆布衣裳
有着批发的庄严

柏树林以自己为旋律，而孤悬在陡崖上的那一棵
是掉了队的音符
最激越的乐段分配给了鹰
谁能告诉我，这柏树林
它们一棵一棵，为何这样老成持重
为何它们的叶子排列成了霜花的图案
为何它们总是挺着身子眺望
为何它们从来不谈爱情
为何它们佯装
不仅懂代数，还懂得几何？

山 垭

我在一个山垭停了下来
两簇峰峦之间的这个路口
背向不远处一座倒塌的古寺
胸襟朝东敞开，去往山下一个小村

我在一个山垭口停下来
山的册页被我哗哗乱翻，至此打开新篇
是一只豆雁把我引到这里
它飞得没了踪影之后，我仍然望着空中出神

我在这个山垭停下
一个农妇孤坐避风的崖根，向我兜售黑枣
它们盛在布袋里，肉少籽多，长相贫寒
吸取了尘土的味道
它们安慰过我的童年，现在又来安慰一个失败者的内心

我在这个山垭停下来
这是两道山脊延伸并渐渐靠近之后
尾骨衔接之处
我想在地图上标注这个垭口，给它起个名字
我想听到自己的回声

我在这样一个山垭停下来
有一朵云恰好也飘到了这里
它看上去没有力气，形状像有了身孕
它继续往前移动时，我向它挥手告别
彼此相忘

我在一个山垭停下来
天色渐晚，黄昏有一个巨大的门槛

芒 原

烟柳记

离老家更近了。洒渔河
就在眼前，那么多的烟柳
一字排开。它们
沉默寡言
好像一群吞咽着光阴的哑巴
它们，用骨头击节流水
它们，因冷而抱在一起
它们，背靠着背，根咬着根，匍匐于
大地之上——
忍耐、孤独，这些悲观主义者
时刻准备
交出体内的柳笛

二〇一三年三月二十日，春分

今日无欲，诸事回避
只焚香，叩谢花神。大河传来春汛
草木之于祭祀。喜鹊登上枝头，林间残雪闪烁
从果园探出头来的人，说起你的流水。桶里是失眠
　的空瓶子

我坐在虎爪上。苹果树和桃花，似两只蝴蝶

翻身坐起的老父亲，想抓把潮湿的泥土。蝶羽击中
　他的额头
而此刻，风正紧

落 花

听父亲说，苹果花要谢了
我盘算归期。途中，鸟鸣倒置于林间，天空微蓝

三月的春风咬人
树欲静，远山寡淡。流水的账本交出阳光
你的雨水迟迟不来。浇地的人，葬身树下
有时候，他背负几万亩的落花奔跑。迁移沦陷故乡

洒渔河的还魂术
多年后，当有人提及落花，我会提及你

忧心词

坐在桌前
双手放在键盘上，不知道
要写些什么

突然，想到回家，想到年迈的二老
想到母亲的高血压、带状疱疹、骨质增生
想到父亲的脑梗塞、脑萎缩、前列腺、白内障

想到正月不完年不完，想到立春之后

是雨水。想到元宵过后忙种田，想到惊蛰、春分……
想到他们忙碌的身影，想到他们的一辈子

想到他们正在回到我的身体，樱桃、苹果、桃子
想到柴米油盐，想到喂养着的鸡
想到菜地里的小葱、蒜苗

想到每次都说要回去，每次都停顿在说辞里
想到逢年过节都回去看看，却总是淹没在工作上
想到多陪他们一天，日子就少了一天
想到他们吃药没有，是否安好
想到血塞通、天麻素片、人参再造丸、三七粉、阿昔洛韦
想到各安天命、人世苍茫
想到不诚、不孝、不忠、不义
想到孤独，想到——

想到我不愿说出口的，想到我不愿想的
想到又一年春天
想到又一次春暖花开

落日赋

落霞与孤鹜齐飞，秋水共长天一色。

——王勃

一盏灯，从天空运往大地。落霞恰是大风吹起的灰烬
此刻，乌蒙高原，像个害怕黑暗的人，看见巫术里沉睡的魂
群山是哑巴，吞咽着这人世的孤苦。体内蛰疼的哭与笑被搬
　出来，曝晒、鞭刑

我想告诉那个以身饲虎的人：光阴在虚度

此时的虚无，落日已油尽灯枯

三十多年了，我往返于这个五线城市与故土之间

三孔桥、石头塘、望城坡、田家梁子、狮子山、葡萄井。

　　老鸹岩活脱脱就是个隐士

这里的观音庙，香火暗淡，大雄宝殿上的菩萨，慈眉善目

在香客祈愿的虔诚里洞若观火，无声、无息

那些压在时间下面的信件，是否都一一应验

那些朴素的善良，越来越低的美，有谁真正聆听过

　　他们的荒芜？

此刻，天空正剥出黑影。孤鹜没有横过暮晚，只有

　　苍茫、虚脱的云翳

辽阔的坝子竖满了村庄，布道着人间烟火

贫穷叠加着一层清霜，像一杯薄酒

有积怨，有仇恨，有田间地角的争斗，有黄泉路上的和解

有新人变成了旧人。荒冢地的墓碑是寻根的路

想起这些，我有些不合时宜——

偏执地站在办事处台阶上，像个中了换心术的人

仿佛在望乡台上，目睹眼前到来的黑和寡味。越是回头，

　　越是飘得更快、更远

像个等待招魂的人

被黑的美学无尽地引诱

顿时心生黑暗

李花白

果园里，那么多的李子花

像一场花事

在一阵春风后，秘密地

集结——

白得，像一架白骨

白得，像一尊墓碑

白得，像一条乡路

白得……

甚至，开始怀疑——

自己

是否还活在这寂寞的人间

娜 夜

两地书

活着的人　没有谁比我更早梦见你
你对我说……
你对我说……

你的死对我说……恍若：
来世……致敬：
今生！

朗 读

有时是英语
有时是一只蜘蛛
有时是它被大风撕破的网
有时是我们人类称之为胜利的东西
和它明天的阴影
上帝比政治更好
她向太阳下的万事万物朗读一本叫《圣经》的书
她的声音里有一座教堂升起
"我爱我的国家
虽然他多病……"

合　影

不是你　是你身体里消失的少年在搂着我
是他白衬衫下那颗骄傲而干净的心
写在日记里的爱情
掉在图书馆阶梯上的书

在搂着我！是波罗的海弥漫的蔚蓝和波涛
被雨淋湿的落日　哥特式教堂
隐秘的钟声

和祈祷……是我日渐衰竭的想象力所能企及的
那些美好事物的神圣之光

当我叹息　甚至是你身体里拒绝来到这个世界的婴儿
他的哭声
——对生和死的双重蔑视
在搂着我

——这里　这叫作人世间的地方
孤独的人类
相互买卖
彼此忏悔
肉体的亲密并未使他们的精神相爱

这就是你写诗的理由？
一切艺术的源头……仿佛时间恢复了它的记忆
我看见我闭上的眼睛里

有一滴大海
在流淌

是它的波澜在搂着我！不是你
我拒绝的是这个时代
不是你和我

"无论我们谁先离开这个世界
对方都要写一首悼亡诗……"

听我说：我来到这个世界就是为了向自己道歉的！

拉　萨

风云的变幻慢了下来
一个无神论者在神的土地上

我缄默
不敢妄言

遗失了肉体只有魂灵
我独自一人坐在布达拉宫广场

控制着那难以控制的……又独自一人
回到拉萨社会主义学院

拉萨在雨中
闪电在雷声里

像一首诗不被允许的部分
我心中有另一个拉萨

神在祈祷
鱼和鹰独立飞翔

西藏：罗布林卡^①

它是我来世起给女儿的名字：罗布林卡
它是我来世起给女儿和儿子的名字：罗布和林卡

它是我来世想起今生时的两行眼泪：罗布……林卡

想兰州

想兰州
边走边想
一起写诗的朋友

想我们年轻时的酒量　热血　高原之上
那被时间之光擦亮的：庄重的欢乐

经久不息
痛苦是一只向天空解释着大地的鹰
保持一颗为美忧伤的心

————————
① 罗布林卡位于拉萨西郊。

入城的羊群
低矮的灯火

那颗让我写出了生活的黑糖球
想兰州

陪都　借你一段历史问候阳飚　人邻
重庆　借你一程风雨问候古马　叶舟
阿信　你在甘南还好吗?

谁在大雾中面朝故乡
谁就披着闪电越走越慢　老泪纵横

诗人之心

一本旧书
一个生词：职业革命者
上午的阅读停止了

以革命为职业
那流血牺牲呢?
我望文生义
浮想联翩

我已经很少浮想联翩了
天天向下的还有我根须一样的想象力

眼眶潮湿
或者悲从中来

不是我胸前佩戴过的红领巾
档案袋里的誓言
思想里的白发
而是一颗依然天真的诗人之心

在新疆

在新疆　有太阳的地方
就有十二木卡姆　就有眼泪变成大地的葡萄

唱吧！

在新疆　有篝火的夜晚
就有生之美好　就有身体的闪电啪啪作响

唱吧：两只小山羊爬山的呐
两个小姑娘招手的呐

在新疆　有你的地方
就有诗人　就有相逢的天真

唱吧：我想过去呀心跳的呐
我不过去吧心想的呐

在新疆　鹰荡着秋千的地方
就是暮色中被雨淋湿的喀拉峻草原

唱吧：我想留下呀狗咬的呐
我不留下呀心痒的呐

在新疆　有墓地和村庄
就有人相信爱情　写出这两个字我的心就软了

唱吧：在那遥远的地方……

在新疆
在新疆

一只悲伤的蜘蛛
默默织着它的网　它在修补一场过去的大风

猛烈的风

一阵猛烈的风
秋天抖动了一下
那么多石榴落下来
寂静在山冈的男孩子　奔跑着
欢乐的衣衫鼓荡着风　他们又看见树下的另一些……

这是我多么愿意写下去的一首诗——

秋天的大地上：那么多猛烈的风　幸福的事　那么多
　奔跑的孩子
红石榴

这里

我经常对着灰蒙蒙的天空发呆
那上面什么都没有

什么都没有的天空
鹰会突然害怕起来

低下头　有时我想哭
我想念高原之上搬动着巨石般大块云朵的天空
强烈的紫外光
烘烤着敦煌的太阳
也烘烤着辽阔的贫瘠与荒凉

我想念它的贫瘠！
我想念它的荒凉！

这里　我栽种骆驼刺　芨芨草　栽种故乡
这个词
我随手抓着眼前的空气
一把给阳关
一把给故人
一把被大风吹向河西走廊

聂 权

星光菩萨

春天又来了
叶子暖了

她脱掉了高帽和鞋，说
日子难熬啊
他阴阳头，捶打腰眼，说
日子难熬啊

抱在一起，躺着
交换一丝一丝的疏软和体温

头抵着头
手搓着腰：
苦啊

悲悯的星光如清凉的菩萨
照土坯房
照大悲伤，也照小幸福

靠 近

有鲜美之物

不可过分靠近。

有璀璨之物
不可过分靠近。

可倾心爱恋之物
不可过分靠近。

可抛弃其他，只迷恋它之物
不可真正靠近。

它们是祭坛上的红宝石
适合让某些人默然、哑然。

午 后

我们相拥躺着
不知不觉睡着了

阳光照在我们的肌肤上
像黄金，像跳跃着的银子

它们慢慢消失
像沙粒，像人生的温暖与微凉

像水的跳跃
像水融入哑然无声的水中

我们终究要分开

像水，不溅起一滴水花

但薄窗纱似的暖和，这个午后之后
在我们的心中存留下来了

喧 哗

那是我给你的伤害
它们像波浪

它们更像少年不更事的悔恨
一波高似一波，在这个越走越深的尘世里

我还未全被淹没。
我曾给你的，时间会加倍还给我。

我听着潮声，它们慢慢喧哗
震耳欲聋

如果还能回去
我们心灵的故地，我愿意
把我还给你。

三峡大坝旁

屈原祠不再
诗人毛子兄说，他还记得
孩童时，走在江边

有江猪子此起彼伏地追逐
和他一起前行
像满怀兴奋的
顽皮油亮的小男孩小女孩。
江猪子，形同白鳍豚
只是色黑

鱼越来越少，好多年没看到它们了
他的语调，仿佛是在长久地呼唤
濒临危亡的江猪子：春天，两岸花盛开
它们要离开家园
逆流穿过西陵峡
穿过巫峡
瞿塘峡
万里洄游，到奉节，清澈的源头产卵。
它们，前仆后继地撞死在
突然矗立无法逾越的水泥上

清道夫

你信不信，一条鱼在临死前
慢慢浮起，摇动尾巴，转身
看了我一眼？
眼神温暖
像鱼有微笑眷恋的人脸，看一个熟人？

在此之前，它从未对我
表示彻底的信任，刚买回时
它会猛烈横冲乱撞

它叫清道夫，一生
黑而丑
卖鱼人说
它不能算作鱼。

夏　夜

相比于一夜间死去的七尾鱼
草们是幸福的

风吹过来
清凉而沉稳
相对于瞬息流变的万物
我们的生死
多么不值一提

四个人的下午

一个女孩
在六年前的出租屋，我的隔壁
门前站着，敲，咚咚，噔噔
一个下午

昏黄的光线煎熬而又漫长
像炒锅煎煮小黄鱼。
数次探头，看到她马尾辫的油亮

"我知道你在里边！"有时她发出呼喊
而里边的两个人一声不吭

忽然想起她，是想起
她的伤心、绝望和坚持
是基于
多美好的一份情感的
不死心和期望

李小暖说

天上若是给你掉个馅饼
地上可能
给你挖了一个陷阱

得匹配
得对等
能量的守衡
让人黯然神伤

我们明知
不断追求美的渴求的事物
多么危险
却总控制不住
让自己飞蛾一样扑火

这世界
最好的是人心
最恶的，也是人心。

聚 集

那父亲
早已老得糊涂了
靠着炕上的铺盖坐着，呆头呆脑
众人说他的儿子受伤了
已经送到北京治疗
他都晓不得
问儿子伤在哪里

白发苍颜，双眼如浑浊老酒的母亲
却哭起来，多年来
一直是她照料这个家。
她瘫在地上
号啕大哭
她为儿子车祸中未卜的生亡
大放悲声

他们也不想想，这么多亲人
怎么会
不约而同地聚集在他们破旧的小屋
亲人们有的抱扶她
有的劝慰她
有的沉默，转头，偷拭泪
却都想着，怎样继续用谎言，在以后
包住使她撕裂最后一层心肺的火

起 子

飞 机

有的飞机
停在地上
有的飞机
飞在天上
有的飞机
在飞回地面
从云层穿出
出现在天空
仿佛是
无中生有
也仿佛
失而复得

六月二日陪父亲去医院

在斑马线上
穿越马路

在陪父亲去医院的路上
我搀着他
避让左右的来车

他的手犹豫了一下
轻轻抓住了我的手
越来越肯定

这当然不容易
仿佛是一个仪式
我们彼此交换了身份

在儿童节之后的那一天

生日傍晚记事

每个人都有生日
因此过生日
也没什么了不起的

今晚我一个人吃饭、洗碗
然后看天慢慢暗下来

网上有人在祝我生日快乐
我一一答谢

楼下有人开始吵架
我就竖起耳朵仔细听
他们嗓门很响
似乎就要打起来了

很多人在劝架
两个怒气冲冲的人

终究只是拉高了嗓门
然后各自回家

劝架的人留下来
对着一片空地
热烈讨论
时不时听到有人放声大笑

所有人都离开后
世界就又黑又安静了
远处有人在吹笛子

他只是在练习
并不是为我演奏

近乡情更怯

1

弟弟
你十九岁离开家乡
今年你三十九
你在外面的时间
已经长于
在家乡的时间了
那么你这次来
算是回家呢
还是从家里过来

2

有些话
喝了酒才能说出来
两年前你回来
因身体不适
不能喝酒
那些我想找个机会
对你说的话
一直没对你说
而这一次
在午夜的排档
你我碰着酒杯
我却突然不想
再提起那些话题

3

人到中年
你我话都少了

4

你的头发
变得少了
也开始白了
我的也是
这些年
你忙着换工作
我依旧喜欢写诗
可是写诗
也有写诗的烦恼

5

你还记得那只猫吗
每晚要睡在你被窝的那只猫
那时候我觉得
那是一只属于你一个人的猫
你现在还会想起它吗
如果你不再想起了
那么我觉得
这只猫
现在属于我一个人
当我想起我们的少年时期
它就蹲在我身边

6

你会看到这一首诗吗

7

这两年
爸爸开了两次刀
你都不在他身边
而那年他在重庆住院
我不在他身边
其实我一直想问你
父母年纪大了
你是否跟我一样
时常想想就感到害怕

8

你我兄弟

十多年只见了几次面
电话也越来越少
除了必须商量的事情
除了应该送上的祝福
兄弟到头来
是否都应如此?

9

父亲和大伯
断绝来往十多年
大有老死不相往来的意思
我有意撮合他们和好
委婉地提过几次
都被父亲拒绝了
也就断了这样的念头
兄弟到头来
是否都应如此?

10

生老病死
父辈已经是最老的一辈了
岁月是把杀猪刀
杀死的全是亲人

11

就算在同一个镇上
我们共同的那些朋友
我也不会经常遇见
每当看到他们
我都觉得像是见到了

自己的亲兄弟

12

那年在火车站
我们送你去读大学
火车驶离月台
父亲的眼泪就掉了下来

那年你才十九岁

13

你去了重庆
后来成了重庆人
你学会了说重庆话
你有一个说重庆话的老婆
还有一个说重庆话的儿子
你会他们的方言
而他们都不会你的方言
你的儿子
甚至连普通话
都懒得说

14

乡音无改鬓毛衰
其实乡音一直在变
这里快被普通话占领了

笑问客从何处来
只有我在出口处等你

不会有人在意
从远方来的
是什么人
你是游客中的一个

15

我们喝酒
你跟我说韩国如何
我跟你说新疆怎样
至于家乡
我拿出手机
在地图上给你看
新修的那些路

我们当年生活的地方
真他妈的小啊

16

你知道我写诗
但你知道我写什么诗吗
比如这一首
你真的会看到吗

17

你有多久没喝醉过了
你还记得
那次在小舅舅家
我喝醉了
你骑车带我回家
我坐在后面

突然就吐了出来

呵
我们那混账的赌棍舅舅

18

我们那些表哥
有人当了爷爷
有人死里逃生
他们只有要我帮忙的时候
才会联系我
当然
我对他们
也是一样

19

家不家乡
亲不亲人
大致如此

20

近乡情更怯
你说没有这种感觉
而我生活在
我们出生的地方
时常担心
一些尚未发生的事情

荣 荣

独角戏

今夜，她是自我斗酒之人。
举杯邀明月，左手敬右手。
今夜，她是自我宽慰之人。
内心藏一个倾听者，也年过半百。

年过半百她最想说的还是身体：
这是我一直在糟践着的……
它在溃败，时间源头里的一个逃兵……

酒过三巡她的身体又沉了六分：
我想知道它的秘密。
欲望如何生成，羞惭又能躲向哪里？

而许多情感突然不见了，像雨水落入山川。
这让我相信，身体里也有一个汪洋。
遗忘，真是复原的唯一良方？

她的身体继续下沉灵魂也没有逃离。
干杯！分裂已久的身心今夜同样疲惫。
它们终于坐到一起，一对交恶多年的老友。

念奴娇

如此急切　他用镜头捕获了那么多荷花
仿佛它们只是歇息于宽大荷叶之上的只只小鸟
而她只是想辨认　这一朵与那一朵
哪一朵更恣意　更无顾忌

那一夜　她的睡姿像极了一朵荷花蜷曲
而他知道　她捂紧的身子里装有多少蜜
那一夜　湖畔的寝房在水声里舟行千里
他担忧着隔夜荷花上的蛛丝和凉意
她想象着几次花落

而晨光也来得急切了些　他们相视一笑
对于相聚中又将开始的一天
她欠他一个梳妆　他欠她一个拥抱

入　戏

他们一起喝酒　唱歌
喝着喝着就醉了　唱着唱着伤心了

两个身体的喧腾火光四溅
两条溪流叠加出高高的水声

这也是一场水火的开始　只有开始
春天将折损于太凌厉的风太热烈的花朵

171

一次次　她在他的袖口生香
一次次　他于她的纤腰转身

但所有的明月清风　所有的煎熬
与我何干　为何让我感觉疼痛和挫败

仿佛我就是那个偷窥者　藏匿者和宽宥者
仿佛我就是那个被殃及的辗转之徒

懊 恼

又一次　我深陷于懊恼之中
为了今天之前一连串的愚蠢和狭隘
为了今天之后一连串的愚蠢和狭隘
它们同时出现　像乌云列队
我抱着它们　像抱着我犯错的孩子
一大堆的孩子　一大堆的悲伤
我独自扛着　就像我总在人前犯错
后悔时分　却只有我自己

感觉一个世界的镜子都集合了
为了照见我灵魂里的卑贱和污点
感觉我的时间之轮也被懊恼击伤
卡在一个名叫沮丧的深坎上

葫芦案

半夜我绑了自己面见至尊之王：
"穿紧身衣服，外勒十道绳索，
她居然还能伺机逾墙，
满身伤痕仍不思回转。"

"可有犯事的证据？"
"没有。"
"伤及无辜了吗？"
"她只伤她自己。"
"动机和后果呢？"
"她身无长物。一头孤独的猎豹，
追赶着消逝之久的旷野。
她只追上了自己的衰老。"

"这个用心的自虐者是可爱的。
让她去吧，我还将赠她一份额外的执着。"

黄泉路也遥

他有严重的酒后忧郁
半夜酒醒　总想一头撞死
他说：生无所恋死不足惜
他说：活着总像一粒尘土悬于半空
最好一次性地彻底地下沉！
每次我只能跟他闲扯我寡居多年的祖母

这招很灵　说她如何被时光搓成一条细脆的绳子
弥留之际紧拽着我　要我与索命的小鬼拔河
说她总将柴房里的红漆寿棺拂拭得油亮
大半生里总惦记回到那一边
仿佛她是这里的亲戚　那里才是永久的家
但当她灯油枯尽　即将坠入虚空
却改了主意："我太老了，你爷仍然年轻。"
还害怕她的小脚　走不完那条漆黑的长路……
说到最后我总会反复强调：
黄泉路也遥　醉酒之人太容易迷路

沉　香

她泪水里的尖锐之痛
只有制造伤口的人能细细掂量

他一次次回转
身上的剑刃也有渴血之痛

仿佛伤口是怨恨的语言
一个诉说者　一个倾听者

又像是艰难维系的风雨之巢
每一个伤口　都能住下这一对冤家

"爱可以是伤害的借口，
我想让疼痛分娩出一堆珍珠。"

"你巨大的隐忍里有我灵魂之所。

夜半无人时，你才是我前世的沉香。"

至 今

至今我仍是一个被娇纵的女子
当我醉酒　任性地抱怨
或者因悲伤而躲藏

那只酒瓶子并没有飞起来
低凹处的阳光和水声
反复找到一粒过季的种子

太多的宽容让我羞愧
就像我满是伤痕的身体
仍被一寸一寸地鼓舞

那也是迷醉时分　我只想沉浸
就像无数个相关的你
和那些无所顾忌的狂乱之夜

哭 泣

烧饭的时候　她在哭
烧菜的时候　还在哭

她的心思放在哭上
饭菜还是熟了　样子不错
一个熟练的不会出错的主妇

出错的是程序外的生活
没有预演　如同多年的市场
突然人去楼空
哦　她的油盐酱醋

她还在哭　仿佛哭是一堵墙
她能专心躲在后面
看见他从前的脸　出墙的花朵

她还在哭　我怀疑她身体里
同时有几个人在接力哭泣
饭菜熟了　快乐变得如此生分

万圣节的抑郁或纵身一跳

他跳下去了　从一跃而起的外壳
从宽大的不称心的衣服里
溜走　扯了扯她的梦

他跳下去时　她正在追赶
一个肉体里的疼痛或被追赶
闯入一种生活或一次伤害

现在她很想扮演成一个亡灵
在街头认出他　拉他重蹈覆辙
"我越逼真，他的死越像是假的。"

无声无息的悲伤慢慢漾开来

被明明白白的悲伤看见

他纵身一跳　她或暗或亮的泪留在晒台上

商 震

距 离

住进贝尔格莱德的宾馆
宾馆的名字叫"zira"
据说很像英语中的"零"

我们住在"零"里？
我不断地翻检读过的哲学句子

宾馆的斜对面
有一座绿树花草掩映的花园
我问翻译：那是什么地方？
翻译说：那是一座公墓
并补充说：距宾馆五十米

五十米！
是隐喻还是规定
是生与死的距离
还是零到墓地的距离

不是历史故事

我在漠北
从模糊的窗口向外张望

厚厚的白雪改变了天地的秩序
雪地上只奔跑亮着獠牙的狼

强大的气流
迫使鹰收紧羽翅
蜷缩在枯枝上

雪和狼
都睁大饥饿的眼睛

没有什么力量可以战胜穷凶极恶
没有哪一种色彩能征服雪

我在雪层下胆怯
像被无端训斥的孩子
不再敢看雪不能想鹰
闭着眼睛躲避着狼

平安夜

夜是不会平安的
巨大的黑
遮蔽了太多的真相
鬼都有了人形

那些白天的垃圾
在黑里起伏多姿
都是庄严正义的形象
枯枝败叶也礼花一样飞舞

而那些鲜活的花儿和晶莹的眼睛
被彻底淹没

我想在黑里装一次鬼
或者玩一次无人辨认的裸奔
把衣冠褪去
把枷锁解开
让肉体自由如风

月亮发出"嘘嘘"的声音
提醒我
夜风如刀
有白天的功能

我在想
是一把怎样的利刃
分割了白天和黑夜
这把利刃还能不能
剥开夜的眼睛

海非海

这片海真美
有太多我没见过的风景
有太多让我血脉偾张的事物

海水一次一次地向我扑来
一层层盛开绚烂的花

花浪扑到我脚下
我和浪花都立刻向后退去
我们都望着对方生畏

这些无根的花
开得容易落得也快
我看着大海
不敢前行也不忍后退

大海蕴藏了太多的美好
而美好的事物
常常是埋伏有重兵的瓮

这个夜

游戏结束了
太阳和白云散去
天地缝合在黑里

黑真是辽阔啊
黄金不发光
鸟儿失却了喉咙
无需寻找要走的路
不用猜测他人的表情
更不操心自己的影子

年轻时，觉得月亮星星
是黑夜里一团不灭的火
现在，星星月亮撞进怀里

也是流窜的风

我站在黑里
觉得自己是一弯月亮
是一束花一只蝶
一片无边无际的春天

哦，黑
一块躲开烈火的炭

忘记一个名字

水是可以断流的
如泪与血液

水走了
河床张开许多唇
干裂地控诉
苍天用雾霾遮住耳朵

有几簇杂草
模仿鱼儿晃动着腰身
像河底吐出的火舌
也像为鱼们招魂的灵幡

在史册和地理志上
这原本是一条被喊作母亲的河
没有水就不是河也不是母亲
是一条烂抹布

河床里藏有千年的故事
一个老头曾说：逝者如斯
现在逝去的是水
风是知情者
经常扬起历史的腥味

河道枯了
月光走到这里也是枯的
两岸的人
依靠惯性还把这里叫作河
那些言辞凿凿的史册
正在习惯有名无实

河水不知所踪
我们残存的泪和血液
还能流淌多少时日

在石家庄，黑白互见
——怀陈超

你的名字是巨大的陨石
把这个黑夜砸得血星四溅

你向黑夜交出了白发白骨
还有洁白的人生
月光清冷
大地铺满白色的疼痛
我孤零零的影子也覆盖寒霜

我有杀伐之心
我的眼睛里装满火药
闲置已久的舌头
想变成锋利的匕首

那么多好人匆匆离开我们
还有多少可敬的人能撞身取暖
我的心底正承受孤单
轻柔的孤单坚硬的孤单
顶天立地的孤单
与美好追求形影相伴的孤单
火药和泪水不能湮灭的孤单

在石家庄的黑夜里
想到你的决绝
想到我这副没有变白的骨头
悲凉是黑夜
淹没心底的愤怒

沈浩波

紫丁香与小提琴

街道的一角
绿树浴着紫霞
香味浓烈如酒
那是紫丁香吗?

音乐声响起
人间灯火明亮
天上群星闪耀
那是小提琴吗?

远处的山坡
高树绽开红花
少年攀上悬崖
那是木棉花吗?

歌声在风中
牛羊流淌乳汁
草原是一片海
那是马头琴吗?

黄色的小花
绽放在晨曦中
像太阳的乳牙

那是蒲公英吗?

送葬的队伍
乌鸦站在树上
雨水搅拌灵魂
那是唢呐吗?

那奔跑的是我吗?
那死亡的是你吗?
那是生命中有过的
紫丁香与小提琴吗?

奏鸣曲

每一次和你见面
都有一种惊心动魄的感觉
你的白发提醒我
见一次,少一次
死亡伸出晶莹的阶梯

我艰难地吞咽
你的白发
试图和你聊一些
无关紧要的话题
像在敲打
一台老钢琴

在灯光下
我觉得自己

像一个年轻的死神
腰里别着镰刀
死死摁住
你灵魂的黑键

听它嘶鸣、咆哮
刮起风暴
仿佛葬礼正在举行

我想做一个更好的人

我想做一个更好的人
可是赤裸的天空
长满星星的乳头
我怎么可能成为
不被欲望控制的人？

我想做一个更好的人
可是路边的紫丁香
勾引我的魂魄
我怎么可能成为
一条道走到黑的人？

我想做一个更好的人
可是心里会飞出蚊子
还会飞出苍蝇
我伤害过那么多人
以为在保护自己

我想做一个更好的人
每天都想做出改变
可我缺乏变得更好的天赋
意志力薄弱
像被霜打的茄子

我想做一个更好的人
但至今都不能成为
所有的不好仿佛大雪一直下
我在雪中手脚冰凉
长满发亮的冻疮

我想做一个更好的人
小心翼翼藏起暴虐
内心的毒蝎之尾
偷偷摸摸地掩饰
那些暧昧不明的猥琐

我想做一个更好的人
早晨起床照着镜子
想象自己已经是一个更好的人
只有这么想着并且相信
才能理直气壮地出门

我想做一个更好的人
像战士般坚定，像酒徒般慷慨
戒掉烟瘾保护自己的肺
春风化雪融化自私和冷漠
爱朋友只比爱自己少一点点

母 鸽

下午的咖啡馆有些冷清
只有我和另外一个年轻的女人
小小的咖啡馆
安静得令人觉得时光漫长
她看起来神情抑郁
像一只孤独的鸽子
在阴霾的树荫下低头饮水
互不相识的两个人
很难填满彼此之间的空气
就这么坐了大约两个小时
突然，这只可怜的小母鸽
"咕咕咕咕"地叫了起来
声音兴奋，像要飞起来
我循声望去，一个男人
正顺着楼梯走上来
咕咕，咕咕咕咕
咕咕咕，咕咕咕咕咕咕
咕，咕咕，咕咕咕
从这一瞬开始
咖啡馆充满了鸽子的叫声

相依为命

妻子的偏头疼，伴随着月事
我揪她的眉心，用手指给她刮痧

给她按摩酸疼的脖颈
她躺在被窝里，我坐在床头
有一种，相依为命的感觉

这种感觉，在我们的生活中时常浮现
最早的一次，我们还没结婚
忘了因为什么事情闹了矛盾
我愤而离家出走，坐在麦当劳生闷气
你连一个电话都不给我
我越想越气，但又不放心你
忍不住，还是回了家
见你居然灌下了一整瓶白酒
直挺挺地，醉倒在地板上
我叹着气，伺候你睡到床上
给你披上被窝时
就有一种，相依为命的感觉

哦，不，这可能还不是最早的
大学毕业时
你们班同学聚会
你喝醉了，我骑自行车
把你这个小醉猫接到当时我住的小屋
你神志不清，要解大手
我像抱婴儿一样抱着你
为你擦拭，哄你睡觉
也许那时，我就觉得，这辈子
注定和你相依为命

经常有人问我，什么是爱情
我觉得啊，爱情就是，相依为命

想想这个"依"字
想想这个"命"字

太阳像手电筒一样

太阳像手电筒一样放出光芒的直线照向我
我被照耀在这光芒的井底
白天被照耀成有光的黑夜
唯有黑夜适合想一些复杂难名的事情
唯有在黑夜，才会真的找不到那些丢失了的东西
唯有真的找不到，才会揪心，回忆，伤感
在白天如饮白酒，天旋地转，不知今夕何夕，也是醉了
此刻天蓝、云白，阳光打在我微微发红的脸上
窗外有一辆车开过，两辆车开过，三辆车开过，川流不息
像一群萤火虫飞过荒野，像一堆火柴点燃空气
每一天的生活都是酒后驾车
每一次遇险，都让我在大笑中，学会悬崖勒马

那孩子冲我捋起袖子

他的小名叫筛子
从小到大我们都叫他筛子
我记得他在幼儿园时的样子
虎头虎脑，和他长大后一模一样
我记得他小时候走路的样子
大摇大摆，和他长大后一模一样
一开始，我们都在西边的幼儿园
后来我转到东边的幼儿园去了

有一天放学，在路上遇到他
高兴地喊他——筛子
筛子看着我，好像已经不认识了
冲着我示威似的捋起了袖子
这令我失落了好久

我早有心理准备，每次回老家
都会听到熟悉的人死去的消息
但当我听说筛子死了的时候
还是忍不住啊一下叫出声来
闭上眼睛，我看见他冲我捋起了袖子

谢谢她为我们歌唱

那个唱歌的女孩去世了，喜欢她的人
叹息她红颜薄命的人，都在悼念她
吃饭的时候，妻子问我，她唱得好听吗？
我和妻子，都不是很爱听流行音乐的人
但我知道很多人喜欢她的歌
妻子噔噔噔跑上二楼，打开电脑和音箱
那女孩的声音在我家响起，清亮的嗓音
像喷泉绽放。妻子在楼上喊：听得清楚吗？
我忍不住笑了，当然听得清楚，声音这么大
确实唱得好听，而且很动感情
是那种想把每一首歌都唱进人心里去的歌手
不是我特别喜欢的那种，也算不得唱歌的天才
但有一副好嗓子，唱得用心，卖力，像我认识的那些
在生活中努力着，想让自己变得更好的女孩
妻子站在楼梯上，扶着栏杆，探出头对我喊
"我觉得她唱得特别好，你觉得呢？"

石 头

随便诗

1

说了句假话
心咚咚咚地跳
像偷东西一样脏
给嘴巴贴封条
并写上：
此地危险
别信有糖

2

看见白雪
你说世界是白的
黑夜来临
你说世界是黑的
你算老几

3

我死了
一本正经躺着
老六来了
木头来了
他们都是一本正经来的

其他来和不来的
我就不以姓氏笔画为序
——念叨了

4

早晨下楼，碰见七八只小麻雀，落在院里
灰不溜秋的老样子
时代变了
见它们一面真难

5

我的口臭毛病主要是说大话造成的
我以闭嘴功治它

6

昨是末日，今即生日
赤身裸体
赖在被窝
不想穿衣
浑不把活着当回事

7

厌予酬答。青菜。山泉。盐。一点点

8

谢过山川、日月、河流，谢过父母、老六、小虫子

还需要谢过你们吗

9

落日下西山，走的老路
一过西山，就开始收走余晖，黑掉太原
西山填了新坟

10

壬辰年十二月初八日，与耀珍、利生登卦山下午五
  点，黑暗往下落
残雪，荒草，老松。其他的，滚

11

去野外看雪，雪还留着白雪的样子
没人眼净

12

在烙铁上修行。烙铁红透时
铁软了

13

癸巳年正月十七，夜登卦山，明月高悬
我在草木旁边丑陋

14

卦山之上
星星干净。我的眼睛刚刚清洗了它们
癸巳年正月二十二，其余不提

15

麻雀，苍松，小溪

我对你们三个说：今生能相逢，高山是我兄

16

癸巳年二月初六登卦山，十九点
山黑
月弯
心凉

17

去城外，看见杏花开了，柳树吐芽
冷不丁

18

在天空的旁边喝酒
仨
我、白云、清风

19

星空辽阔
嘴巴多余
三月三。卦山。白头顶

20

给我过生日的
有华北落叶松、云杉、石头、蚂蚁、翠鸟
翠鸟上的
白云
四月三十日，一人一座山
一山一个人

21

癸巳年五月十二日
我和虚无下八楼
它在左
我在右

无所诗

1

夜宿观音洞，暖气烧得这么好，我怎么可能比王维
山又这么大
写诗做什么

2

过河的时候，遇见两个杀羊的人
他们已经杀掉了羊的叫声，杀掉了羊的呼吸，杀掉
　　了羊的温度，杀掉了羊的形状
接下来他们要杀掉羊的灵魂
这个时候，羊已经不流泪了

3

身体犯了错误，却要心来忏悔
嘴巴犯了错误，却要心来忏悔
脑袋犯了错误，却要心来忏悔
吾心即空
不作他用

4

一场酒宴散了
菜没了
酒没了
人没了
意义没了
盘子和原来一样是空的
瓶子和原来一样是空的
你在使劲剔牙

5

这张令人厌恶的嘴巴
饮酒的是它，胡说八道的是它，喷唾沫星子的是它
不让它再姓宋

6

前天深夜，在东山与唐兄小坐，聊到佛法，插话一
次，没有一心听兄高论，分明是慢心升起，当下的
明觉度如乌云遮日，次日醒来，很惭愧

对此世间干净的人，要做到能够低三下四，
比如对老六、利生等，讨好他，由着他，珍爱他。
　　自己不作主张

又读小虫《本心录》。昨夜，心生思念，打个电话，
　　他在华岩寺里读书。这个借寺一用的书生

向玄武兄学习真诚
向白云兄学习简单

（玄武：散文家；白云：天空的过客）

早上，白水煮面条。放入姜末些许，西红柿半个，黑
　　木耳五六，盐一点，老陈醋适量，其他不

7

把城市放下，把娘放下，把身份放下，去山中
身上只留自己
夜深了，恐惧来了，你看见了恐惧的样子
长得像自己

8

昨夜，关灯之后，两只蚊子咬我，嗡嗡嗡
几起几落，我没打它
咬吧咬吧，我够大
前些日在山中，眼睁睁看着一只不认识的小黑虫咬我
也让它
并非打不过它们
实在是人生不过咬来咬去
我这一堆肉也没用

9

十三日，夜宿乌马河，一个人看月亮，月亮像个旁观
　　者，我像个小狗蛋
夜半，雨来，哗啦啦，直听得不用耳朵
十四日晚，接连醉酒三场，喝至极丑，拿出身上的酸
　　臭文人呸三声
次日，蒙头大睡，心不稳，出冷汗，给嘴巴记过二百
　　五十次
中秋之夜，读马祖道一

水泥顶上的那个破月亮，你们去看吧
我心即明月

10

最干净的笑就是五台山观音洞索巴嘉措师父双手合十
　阿弥陀佛的一笑
不能用格桑花比，不能用清澈的湖水比
也不能用阳光比
只能说最干净，最干净
一见他，我就脏

11

天黑了，山也黑了。再黑下去，眼睛里就没有山了
便用心去看，好像有。去找心，皆虚妄。就如同，山
　不鸣叫，是山上的鸟在鸣叫
山不开花，是山上的草木开花
天黑了，也不必打着灯笼去找山

12

心上不放一事，不放一物，也不放一人
看就看过了，听就听过了，吃就吃过了，闻就闻过
了，想就想过了，做就做过了
暂借皮囊一用
用完即扔

13

我要关门了
太阳，请你去外头。月亮，请你去外头。星星，请你
　去外头。山河，请你去外头。酒肉，请你去外头。
　老六，请你去外头。老雷，请你去外头。木头，请

你去外头
妈妈，请你也去外头
我要慢慢关门了
温暖，请你走吧。眼泪，请你走吧。华发，请你走吧
把光头给我留下

14

读文殊菩萨十大愿，心生感应，随即起身，去清凉山
从五台县下高速，过茹村豆村，往岭上去，想遇见去
　年那场大雪，抱住它
山上或路边有些许残雪，仅此
一个人背着自我去寻找圆融之境
天黑了，世界缩小到我的身上。住客栈，诵《金刚经》
次日，往山里走，到了东台之上，风大，细雪甚微
有三匹马在寒空里吃草，没理我

汤养宗

春日家山坡上帖

每一次席地而坐，就等于在向谁请安
春日宽大，风轻，草绿，日头香
树木欣荣，衣冠楚楚
而我有病，空病，形单影吊，又无处藏身
无言，无奈，无聊，无辜，像一枚闲章
无处可加盖
草间有鸣虫，大地有减法
坐在家山我已是外乡人，无论踏歌或长啸
抓一把春土，如抓谁的骨灰

癸巳岁末，过福宁文化公园

今晨可以记在日记里的，继续记。依然是
天空做自己的大明镜，活人活在明镜里
晨练的人很多，邻居叫小丽阿姨的
天天喊肉与骨头在打架，也在这群老太中
她们跳扇舞，练分身术，投来的眼神
如刚下凡的火星人。啪一声，扇子遮去
一张张老脸。再啪一声，扇子后
春暖花开，钻出来的全是青春妙人儿
洒水车开过来，公园不见了。洒水车
又开过来，出现了另一个人间的另一座公园

这岁末，什么都看不住，也抓不住
石雕中的石人哼出了小调，扭动腰肢者
都是些身上有大洞小洞的假山。太没有道理

致所有的陌生者

所有的陌生者，都藏身在秘密的布袋里
山魈隐显，神明开合
布袋里的玉石姓李或姓张，布袋里
兴许另有一姓，比如我
平时无事我也会在天地间偷偷鞠躬
放弃积攒在诗歌里的阴阳术
练习眼力，默念萋萋芳草，或者翻看掌心
为的是来一道闪电，把布袋里的乾坤照亮

捉一只魔鬼给他试试看

员外老婆对员外说：为何我们这么多钱
你反而愁眉不展
而对面街挑豆腐的，每日卖完豆腐
都能哼着歌回家？员外说
"捉一只魔鬼给他试试看
你明天借他十两银，他便不再唱了"
银子果然比豆腐沉。魔鬼
送过来后，挑豆腐的果然再也没有唱歌

偌大的单人房，为什么都置放有一张双人床

进来睡觉的人，似乎总是还差一个
总是有另一个身体，并不知是谁
在男女混居的年代，睡一半的床
已成为难度，成为孤悬的精神
仿佛这也不是你的床，那也不是你的床
仿佛这具身体早与天下人反目为仇
永远不睡在一起与永远睡不到一起
我们自以为是的身体，一直挑三拣四
不是被另一个身体反对，就是
至今仍拒绝着另一个身体
像我这样一个以白云为命的人
已再没有旧床与新梦，一半的被单
总是完好如初，不取暖，自己抱紧自己
被上帝取缔了左半身或右半身
那么，能不能这样，睡意孤悬的人
我不睡，你也不要似是而非地睡去？

一刀两断的事

有一些东西，我们是可以不要的，甚至身体？
最近的新闻是，有人自己动手，锯掉了大腿
那是条病肢，意思是，我已不要你再做肉身
一刀两断，比自裁更决绝，血淋淋
比身体更难以不要的，是有人想杀
也杀不死自己。了犹未了。这一头，我的小邻居

面对他抛家出走的母亲，就说出了另一句话
"别以为你一走就可以与那个狗男人永远在一起
你死后，我照样把你的骨灰扒回来，和我爸葬一块儿。"

睡后书

每到欲睡不睡，对自己都是半推半就
每一次半推半就地睡去，都像是
一匹手折的纸马
又要来到另一张纸上，再跑一趟
薄薄的夜，轻轻一动就要裂开的睡眠
乌托邦般的一床虚土，交织着左右不是的小径
让人追究，一纸空文与繁复的迂回术
谁在纠缠谁，谁又将就谁
在纸包不住火的黎明醒来，我对人说
看！走投无路的困兽就是我，半推半就中
一匹纸马的四足上，又沾上了黑黑的泥浆

悬崖上的人

他们在悬崖上练习倒立，练习腾空翻
还坐在崖边，用脚拨弄空气，还伸出舌头
说这里的气温适合要死不死，比虎跳峡上
那只虎，更急于去另一个人间
另一个人叫波德莱尔，在《恶之花》中
这样写：明知炸药库凶险，偏要在边上
点上一支烟，那时还没有行为艺术
但找死，死一回，是人类共同的冲动

有更高的悬崖同样在我的言说里，其险更绝
甚过在炸药库里耍火种，我也
倒立于崖顶，在那里试一试冷空气
我的决绝九死一生。那迷人的深渊

癸巳清明，天阴酒浊，浑话连篇

多喝的酒总是在不想喝时喝下。这几天愁闷
身上有鬼气，有点走投无路
心脏已搭桥的三哥，突然要与我拼酒。"桥归桥
路归路。"而我随口编下许多酒令
"一条鬼啊，两个影啊，三更梦啊，四方魂啊……"
每喝下一杯就听到身体内
肉与骨头相互打骂的声音
而唯物主义在一旁使劲使眼色，作弹冠相庆状
我又另起炉灶，找上花，找上树，找上
今晚最好能让自己安身的一抔黄土
有师大读音乐的女硕士生突然发话
"看看我的脸，像你记忆中的某个谁？"
她是我闽剧团时代一个女主角的传人，却也是
突然出现的，要把当年的编剧
揪出来把剧情重新安排一遍的叫板者。"全都是无常
全都是影子！"我随之又自虐了几杯
仿佛这样，才会更露骨地点出来谁去谁留
也能把昨天在墓地上对母亲说的话
落实得更可靠些。继而，我身体里的骨头
一块接一块地跑到了桌面，"你们要细心地啃出
哪一块硬，哪一块软，哪一块已无家可归。"
我心细的妻子，听出了我咽喉间

正发出啾啾的鸟鸣声，说："这也好
今晚你索性脱胎换骨，明天再快快重新做人。"
我说不，你这是叫魂
什么都是快的，只有酒在我身体里最慢

万古愁

我给在场的每一个人发纸片，问：你心里有万古愁吗？
再问：你心里养着只寂寞的小兽吗？
再问：你心里语无伦次的，是一瓶怕别人嗅到的迷药吗？
再问：你心里有句假想中的咒语，叫人生如寄吗？
没有人回答我。有如这：日光下概无新事
我再问草丛里的一只鸣虫，发现虫子也会翻白眼
我再问比我们笨些的猩猩，猩猩拼命擂打着自己的胸脯
深夜的镜前，我独自伸出一条长长的长长的舌头

王单单

叛逆的水

很多时候，我把自己变成
一滴叛逆的水。与其他水格格不入
比如，它们在峡谷中随波逐流
我却在草尖上假寐；它们集体
跳下悬崖，成为瀑布，我却
一门心思，想做一颗水晶般的纽扣
解开就能看见春天的胸脯；它们喜欢
前浪推后浪，我偏偏就要润物细无声
它们伙在一起，大江东去
摧枯拉朽，淹没村庄与良田
而我独自，苦练滴水穿石
拣最硬的欺负。我就是要叛逆
不给其他水同流的机会。即使
夹杂在它们中间，有一瞬的浑浊
我也会侧身出来，努力澄清自己

母亲走后

下过几场大雨，冲走瓦上的落叶
房顶上重新附上一层青苔
阳光扫过屋檐，燕子
飞去又飞回

门窗钉死，确保没人能够
轻易进入我们的家，确保两代人的回忆
都在原处
半截火管，一炉冷灰，两把钥匙
电表里的度数，被子上的余温
以及残留在烟囱里的炊烟
点数给堂哥，帮忙看管

窗帘放到最低，蜘蛛网疏而不漏
旧时光的禁闭，不见天日
沙发就不移动了，没人坐
可以交给老鼠打洞，做窝，生儿育女
两头猪、五只正在下蛋的母鸡
送给穷亲戚，强行拖上车时，它们的
尖叫，比哭声更让人揪心

堂屋里，"天地君亲师位"已褪色
左上角脱落，盖住祖宗神灵的脸
对着磕三个头，似乎还说道
不孝、清明、上坟之类的词

我也要走了。下跪的地方已经荒芜
前脚刚离开，敞坝里的杂草就追上后脚
有的都快翻过门槛了

多年以后
——兼致刘年

打扫灰尘，布置房屋

重新生火造饭，喂鸡养猪
回到官抵坎。哪怕
我一个人就是一个村

收回荒废的土地
种玉米、土豆，还有
茄子和辣椒。如果妻子喜欢
就给她搭一个瓜棚；如果
我们有孩子，男的
教他砍柴，女的
教她刺绣

有朋自远方来，只谈诗歌
不说政治。也可陪我采菊东篱
在南山下煮茶

那时我已经不能打铁
但还会去竹林里，喝酒，抚琴
给走远的人写绝交书

在孤山

我把所有的孤岛都看成
水中坐牢的石头，不说话
终日忍受惊涛拍岸的酷刑
海未枯，涛声不会旧
如果破釜沉舟，断了回去的路
从此就不想家，不想岛外的人

亲爱的兰隐，我是这样想的
岛上有寺，艾叶兄可削发为僧
当一天和尚，撞一天钟
直到月落乌啼，秋霜满天
胡正刚憨厚老实，让他周而复始
将山下的礁石，推至山顶
再滚入水中

而你和我
一个心慈面善，适合烧香
一个玩世不恭，需要拜佛
闲暇之余，可去林中
那里有两架秋千
一直空着

舍身崖

舍身取义的地方，走投无路
可纵身一跃，与人间一笔勾销

舍身崖下，湖水清澈。死亡
能开出一朵洁白的浪花

那天，我站在舍身崖边上
想了想，还没轮到我

但我已在内心
安上一面舍身崖

画 面

落日以它应有的速度
慢慢靠近海面，嵌入，隐遁
留给世界一个黑暗的背影

这个画面让我想起外公
他步履蹒跚，只身去往田野
挖坑，陷入，拱起的背顶
在乱草间缓缓移动

有时黄昏出去，第二天清晨回来
吊诡的是，我的外公
每次回来，都比前一天更年轻

一个人在山中走

一个人在山中走
有必要投石，问路
打草，惊蛇，向着
开阔地带慢跑。一个人
站在山垭风口上，眺望
反思，修剪内心的枝叶
看着周围：树大，招风
一个人走到路的尽头
还可以爬坡，跳埂子
相信没有过不去的坎。一个人

攀上石岩，抓住四处蔓延的
藤条，给远方打个电话
告诉她，真的有种东西
割不断，也放不下
一个人爬到最高的山上
难免心生悲凉，这里
除了冷，就只剩下荒芜
一个人在山中走，一直走
就会走进黄昏，走进
黑夜笼罩下的寂静

玉案山中，向守墓人问路

无边草木，只用来藏身
他神情陶醉，自顾自
弹拨怀中的琵琶。夹杂风吹
周围的桉树，不时掉下
落叶与树皮。玉案山的墓碑
似乎听懂了什么，也变得
更加整齐。自始至终
他双目微闭，对于我的话
不问，也不答。只是
在我离开后，他使劲拨弄
弦外之音，这让我觉得
向一个守墓人问路
真是多此一举

去澄江，或三个反悔的人

彝人来自凉山，趁天色蓝净
要去梦中放一只鸽子，效仿鸿雁传书
其母枯坐山中，日复一日
空等字句飘落，像等一场雪
逼回远走的人。百善孝为先
可以谅解
书生叫杨昭，坐不改姓
据说行也不改名，无字无号
长发正当飞舞，电话响起
他妻子打来的。大意是：
子归，请速回。天伦难得
可以谅解

第三个人，要改小说
响水镇一再删减
客栈之外，仅剩半截木桩
天马行空，任他自由
可以谅解

总有人会去的，在车站等我
他说，不急
山河还在，破的只是梦
一上车，蒙头就睡去

酒后，送杨昭回家

筵席散尽，志同道不合
这时，朋友们都在路上
去往一座温暖的城市
人心凉，所以多喝酒
你蹲在街边，拼命回忆
家在南还是在北

金鼎旁，城市突然拐弯
你停下来，上身摇晃
到处翻找口袋
摸出一支烟。火机打空几回
终于点着了，深深吸一口
边走，边回头看
你的长发在冷风里凌乱着
侧露半边书生的脸
清瘦的脸

不在前，也不在后
人群裹挟着你，流到街的对面
这是昭通的午后，气温骤降
人们说着话，嘴里的雾连成一片
但是，并没有笼罩你
偶遇熟人，你的同事
心好，想送你
你断然拒绝他
像断然拒绝我一样

昭哥，我一直躲在你身后
虽然我知道，一个疯子
送另一个疯子回家
注定我们走上的
是一条不归路

夤夜思

还有很多地方，想去
一直没有成行。还有几个女人
抽完这支烟，就好好爱她们

夤夜醒来。走到窗子边
街灯从脚底照上来，很明显
高处更暗淡一些

对面玻璃上，我的影子
有些颓然，孤独，甚至纠结
它正试图侧身，从裂缝中过来

刚刚心口疼了一下。想到生死
其实也不怕，就像一件脏衣服
我只是，把干净的一面
反过来，继续穿

下了飞机，转乘地铁

上天入地的事

我只干过这一回
走出机舱，就像逃离虎口
贱命一条，可我还是怕死
怕魂魄在空中游荡时
撞上一朵坚固的云，怕
身体坠落时，在谁的心上
砸出一个坑。现在
提前来到泥土之下
抽走的白骨，被重新装进
肉身。我把周围的广告牌
铁轨，以及身边戴着首饰的女人
都看成殉葬品。真的无可救药啊
我仍然渴望找到出口
挤出人群，在阳光普照的
大地上，走成一个
形单影只的人

夜游湘江

一丝不挂。刚进去
就被浪涛推倒在浅滩上
像那年，我的轻薄与无礼
被张小萌狠狠踹下床
再进去。踩着江底的泥沙
柔软。痒。水刚好淹到裆部
那儿轻微晃荡，我知道
浪平静了些

继续深入。能摸到流动的裙子

湘江的体温，比想象中高
不会游泳，但我的放肆
得到她的默许

江水漫上我的嘴唇
她开始挑衅，翻滚
让我越陷越深。像那年
我在环城北路遭遇的爱情

回到岸上，有点凉
黑夜下的湘江带着哭腔
头也不回。张小萌走的时候
也是这样

王小妮

渔排上

红沙渔排
渔夫在天黑时回来
丝网搭上亮起来的铁丝。
看不清表情的渔夫讲起昨夜在公海叉鲨鱼
九米长的鱼,他的快船才六米
船头都拼红了。

他的女人下到摇晃的水影里擦快船
月色真的钢一样亮。
还好给那鱼精逃了
渔夫没被抛在月亮最大的公海上。
他在燃一炷香
神龛那儿白烟正涨开。

在快艇上望天

海的对面,那天上好干爽
似乎可以去走一走
但是,不容易上得去。

满满的黑蓝
一滴水也没有

那个小弯刀的门正泻出光亮。
快艇的速度激怒了最多的海白花
上天的路越来越深
我是去不了的。

砍 羊

傍晚，有人在十字路口砍羊。
人行道上立着那羊的头
有卷毛的脑瓜
刚离开的身体还在抽动。
拿斧子的需要路人相信他刚杀了一只真羊

碎骨和肉屑，红的流星在溅。
圆月躲得最远
现在天上更安全。
羊的血像多条跑远的蚯蚓
路面上所有的红色都在这会儿变暗。

后来，街灯照着滚起肉味的尘土
烤羊腿的烟雾上升。
越来越洁白哦
那只羊的头
独自戳在风一遍遍掀过的月亮地上。

影 子

它的影子是白的。

可我们一落地就那么黑。
扁平的，拖在油污的路上
沾了草末，有人刚丢下带刺的榴莲壳。
那里面早没身体了
抽掉魂儿的骷髅
真正的扁。
超重的货柜车迎面过来
喇叭在宣战。

那颗白晃晃的勋章
总佩戴在天上
是我们这些干瘪黑影的衬托
让它经常耀眼
有时候打扮成个常胜将军。

好月光

路人大声说，今晚好月光。

根本不想看。
还要走到窗口
还隔着什么百叶窗
睁一下眼睛得多麻烦，没力气了。
不如留在暗处，就这么睡下去
一直是这么黑
这么萎着
对天光不再有感觉。

它顽强地跟过来。

那个凉在贴近
已经不能再近了
平滑的触须擦过似乎已经很低的天花板。
眼睛里有光向外跳
真的亮哦，果然好月光。

白天的月亮在七娘山梁

淡淡地侧身跟着那片山梁
下午三点
日月都在天上。
它现在只是随着七娘山慢走
幽灵一样
没声响，更没什么光。

倒扣着的半只鸽蛋
孵它的母鸽自顾自跑了。
乱七八糟的高云彩在山顶攒集
拜托，那孤儿，别搞得这么神秘。
知道要出大事了
六月初的这个发紫的晴天
南太平洋暗中启动
到处滚过丢盔卸甲的白浪。

过去多久了，这是

他说，十年没见过月亮了
不是它没有，是没什么时间去望天。

刚这么一说，他就去世了
然后，又过去了十年
实在太快了，快步如飞，飞得残忍。

今夜，最想告诉他
有他和没他，一切都淡得没趣。
太阳和月亮忙进忙出
都是小事情
不管过去了多么久多么久多么久。
可你快转身来看一下
海面上激灵激灵的那条泥猛①的白
就在盐光的上面。

负　重

太阳出来，世界必复杂
月亮一出来，万物变得简单
看上去都有点淡。

就像现在，月亮压在天上
天压在我头上。
装卸工侧过身在输送带上睡踏实了。
只有我一个在负重
露天矿里现在堆满了白煤
白火苗扑动
一世界呛人的白烟。

———————

① 泥猛，海鱼。

白有这么沉，以前是不知道的。

腾冲的月亮挨过来

偶然回头被它吓了一跳
怎么会有那么大。
不出声地紧跟着
就在背后，又凉又白
已经不能再近了。
那张圆脸，能把人吸进去。

赶早班飞机的路上
天还完全黑着。
为什么它白晃晃地紧追不舍
还有点失魂落魄
像要张嘴说话
它浅色的头发都在乍起。

想到这是腾冲
我背后没理由地跟着个它。
高黎贡的山尖还没有一丁点光亮
人间孤魂太多了。

武强华

在大佛寺看罗汉

五百年前
我爱过他们当中的几个
我曾跟着那个放荡不羁的人
凭一把剑和一身好武功
闯荡江湖，杀富济贫
曾在大漠深处月下温酒
听那个报国无门的人
醉后长啸，惊天动地
也曾在雁门关外
为那个征战沙场的人
吸血排毒，刮骨疗伤

五百年后
木胎泥塑，他们在红尘之外
不相信武功，也不相信眼泪
他们只在佛祖的脚根享用香火
不关心国事，也不再想
化身石桥和五百年以后的事
现在，到底什么才是真正的祈愿
已不重要。我只站在这儿闭目走神
让人们误以为
在佛祖面前
我一直是一个心无杂念的人

225

修鞋的人

城管不来，这里就是他的地盘
他又老又脏
成为城市脏乱差的一部分

他分不清哪些是真皮哪些是人造革
也不关注面前的人穿什么样的衣服
补一只鞋一块钱
他不关心人类
只关心他们脚下的鞋子

生意很少，大多数时候
他在墙根下眯着眼睛晒太阳
天冷的时候，缩在一件破烂的黑棉衣里
身子像一个冻僵的煤球
一动不动

他龅牙、斜眼的智障兄弟一直跟着他
每天中午，那双污黑的手
都要用剪过鞋底的剪刀
把一个硬馒头龅成两半
自己嚼一半，另一半给他的兄弟

那个傻子总是对每一个路过的女人笑
看着女人们惊慌而逃，他笑得得意又满足
对男人，则从来不予理睬
有人说，傻子有一副贾宝玉的好心肠

只可惜，掂量不清自己的命

替一个陌生女人表达歉意

我暗恋过他的那些年
他正疯狂地爱着另一个女人
长发，温柔，白净
每一个男人都可能迷路的陷阱
他也深陷其中

他让我学会知难而退，学会走神
在人群中分辨另一个自己
学会虚构，在午夜昏黄的路灯下
邂逅孤独。学会给自己写信
描述不一样的眼球和隐秘的发声器
学会单相思，为一个人写诗
想怎么爱就怎么爱
这些年，没有比这更重要的事情
让我乐此不疲
迷恋，热爱，单相思，拯救
得不到的东西，继续
爱它美好的部分

尽管现在，我不可能
再去爱一个善良却懦弱的男人，却不能
对一个陌生女人抛弃掉的精神病人
不闻不问
我不会再爱，但我可以
冒充那个伤害过他的人

给他写信
替一个女人和全世界
表达歉意

倾诉者

我嗅到他这个年龄才有的
成熟的荷尔蒙，适度而隐隐地弥散着

我们从面前的这杯咖啡开始
很快，就谈到诗歌

"二十年来，我没有失败过
但现在，莫名的空虚吞噬着我的心"

"四十岁的时候，我才觉得
灵魂有被填充的欲望"

"对我来说，诗歌是个奇迹
你也是——"

有一会儿我走神去想另一个人
但没有打断他

他始终没有提到身体
我也没有去解释那令人尴尬的雌激素

离开的时候，我以为他会拥抱一下
但他只是握了握我的手，说：再见

回家的路上我一直在想
我们是否共同伪造了一个没有性别的诗歌现场

拒 绝

起身离开的时候
一个男人挽留了我　多么及时
夜色还未抵达深渊
酒精还未将我麻醉
众人关于生活趣事和文艺创作的主张
才刚刚使我感到厌倦，他刚好
给了我一次说不的机会
让一个在饭局上沉默已久
如坐针毡的女人
轻而易举地
通过拒绝一个男人
拒绝了整个世界

本命年

1

路过广场
给坐在地上的瘸腿算命先生十块钱

他说：命犯太岁
火旺之年，乃是旺极而转弱之象

财运不佳，亦有劳碌奔波之苦
我说我不算命
再给你二十
去对面面馆吃一碗面吧，加肉的

"小人的闲言碎语，不要放在心上"
一个瘸腿的人
已经从宿命论里获得了午饭
但他还要
试图去拯救一个不信命的人
"谦厚待人，必有贵人相助"

走出很远，我还听见他说
"运气好的话，命犯桃花"

2

一个普通女人
不会有血泪史
她是守法公民
只爱一个男人
只生一个孩子
其他的几个，这些年
都被政策杀死在子宫里

今年，我为最小的一个写过一首诗
那是在麻醉之后。有那么几分钟
被掏空。我对这个世界撕心裂肺的过程
心知肚明
却又假装不知

3

梦见一颗大牙掉了
是用手硬抠下来的，带着血丝
解梦者说：乃骨肉分离之兆

我不信，一颗牙齿掉了
会比从阴道里长出牙齿
更加诡异

但那些天，我每天都去看父母
像个看守，盯着他们
我相信，这样他们就不敢老得太快

4

父亲依然贪吃，像个饕餮者
经常吃坏胃
母亲塌陷半边的胸膛，看起来
衣服总是滑稽地扭向一边

有时胃疼
有时乳房疼
母亲的老寒腿犯了之后
我的腿脚也有点疼了

其实什么也承担不了
切过胃的父亲和切了乳房的母亲
仍在一天天老去。我也只是
以相同的方式，陪着他们
慢慢变老而已

5

都说她像我
我属马，她也属马
我有一头长发
她也一头长发
我买唇彩和新裙子，她也要买
还经常偷偷穿我的高跟鞋
但她又一点都不像我
她有双眼皮和小蛮腰。她的手指
能在琴键上捕捉泥鳅和夜莺
不想说话的夜晚，她会吹月光下的凤尾竹
她不写诗
也还没有学会掩饰自己的感情
想哭就哭，想笑就笑

十二年，仿佛就是一个轮回
看着另一个我
她活得比我更像我自己
我就又幸福又嫉妒

6

有一些词
开始是冰凉而无情的
后来，渐渐成了滚烫的
比如——
沙尘、豹子、鬼魅、黑洞、刀尖
芦苇荡、变形的汽车、生锈的铁石
还有——
诗、酒、男人、想念、撕裂、单相思、绝望

和童话故事里的开场白
"all day and all night"

它们滚烫、灼热
但仍然是无情的

7

不开灯　有黑暗就够了
不放音乐　有呼吸就够了
裸瑜伽
有一块六毫米厚
湖水般幽蓝的垫子也就够了

呼吸是唯一的手指
它抚摸鼻腔、气管、肺、腹部
和温热的丹田
并打开骨骼和肌肉之间的空隙

此时下蛊，或使用巫术
我都会束手就擒

8

现在　还不能说灵魂的事儿
虚幻的东西，在死去之前
都是不可靠的

西 川

悼念之问题

一只蚂蚁死去，无人悼念
一只鸟死去，无人悼念除非是朱鹮
一只猴子死去，猴子们悼念它
一只猴子死去，天灵盖被人撬开
一条鲨鱼死去，另一条鲨鱼继续奔游
一只老虎死去，有人悼念是悼念自己
一个人死去，有人悼念有人不悼念
一个人死去，有人悼念有人甚至鼓掌
一代人死去，下一代基本不悼念
一个国家死去，常常只留下轶事
连轶事都不留下的定非真正的国家
若非真正的国家，它死去无人悼念
无人悼念，风就白白地刮
河就白白地流，白白地冲刷岩石
白白地运动波光，白白地制造浪沫
河死去，轮不到人来悼念
风死去，轮不到人来悼念
河与风相伴到大海，大海广阔如庄子
广阔的大海死去，你也得死
龙王爷死去，你也得死
月亮不悼念，月亮上无人
星星不悼念，星星不是血肉

2014年11月1日在贝尔格莱德惊悉陈超辞世

后社会主义的田野。
国家分裂余留下的丘陵。
玉米地包围的没有车辆的加油站。
走没了的人。

飞鸟不照影的池塘。
通向无处的林间小径。
东正教教堂的新彩画。小镇。
走没了的人。

下沉的河谷，高岸上的村庄。
树上的不与时俱进的鸟窝。
晾在绳子上的不时髦的衣裳。
走没了的你。

半新不旧的晨光。
晚风里隐去面孔的哭泣。
我离家万里。铁轨。火车不来。
在无人知晓你的地方，

我念着念着走没了的你。

雪野·明斯克斯大林防线
——给劳马

雪地冰天是一个大孤独，作废了千万个小孤独。

235

每一个小孤独都是一座小村庄，被大雪的大孤独所覆盖。

脚下的白雪吱嘎作响。肃穆是一群肃立的哑巴。
皮鞋听见雪野的请求："你摸摸我吧！"遂弯腰伸手触摸它。

孤独披着孤寂的大衣，天际乌云呈现19世纪的美丽。
这21世纪的明斯克郊外，20世纪的战争好像从未发生，

而20世纪的苏联业已作古。斯大林防线恪守其孤独。

战争博物馆里的幸存者要求年轻人牢记烈士和死难者。
烈士们像藤蔓攀上墙壁，化作黑白照片，彼此挨紧。

而年轻人读八卦，制造八卦，不能想象没有八卦的幸福。

那斯大林的大帝国现在褪色如雪。黑树影的白桦林，
曾经震荡于枪炮恍惚矗立于立陶宛大公国的19世纪。

革命之后，大雪像革命之中和革命之前一样
飞舞着落地，为太阳、星星和乌鸦完成广阔的静寂。

记忆是雪野的伴侣。但游客只能拍下雪野拍不到别的。

凌晨两点半，纽约华尔街

雨已停，专心致志走路的印度人依然打着伞。

警车巡逻进僻静的小巷，警灯热闹地轰闪。

醉酒女孩每走三步蹦一下，总像要摔倒但从不摔倒。

在无人的街道上出租车卸下三个大汉。

取款机中的富兰克林尚未入睡，但不出声。

警察为死者站岗。摩天大楼里是否有人在爬楼梯？

我不信摩天大楼里每盏灯下都有人工作。

可以想象天堂里的人们不工作。

曾在祖科蒂公园里撒尿的年轻人也许在酝酿下一场革命。

起义，在地狱里：一个大幻象。

凌晨两点半走路读手机的男孩心在远方。

凌晨两点半走路的中国人只信中国人其他人都可疑。

一个说西班牙语的女孩在咖啡店里喂男友喝果汁。

她家乡的父母以为是男孩在喂他们的宝贝闺女喝果汁。

旁边，一个南亚人坐对手提电脑等待天亮。

电脑屏幕亮着，南亚人倒在行李袋上睡着了。

我拿一盒酸奶问店员："Is it sweet?" 他说："It's not free."①

———————

① 英文意思："这是甜的吗?"回答："不免费。"

237

资本主义啊在凌晨两点半依然是资本主义。

温哥华：摔断腿的年轻人全都好脾气

摔断腿的年轻人全都好脾气。他们腋下架着不锈钢
　　拐杖，腿上打着封闭。
他们和同伴说笑在大街上，好像摔断腿是件可炫耀
　　的事。

在花园般的城市里他们走着。在花园般没有风险的
　　世界上他们玩儿着。
他们戴头盔骑自行车，或带绳子登山，或玩滑板上
　　台阶。他们摔断了腿。

中国的农民也受伤，在山道上，在稻田里，但伤在
　　腰间，伤在背上，你看不见；
有时你能看见他们静脉曲张在小腿上，当他们挽起
　　裤子。

他们把静脉曲张坚持到死。
而这里，摔断了腿的年轻人腿上打着封闭，
走过货摊上排队的酷酷的格瓦拉，走过报亭中一大
　　群微笑的达赖喇嘛。

2014年8月12日凌晨梦见骆一禾

凌晨3点45分我梦见了你，距你谢世已有25年。

与23年前我在崇文门梦见的你一模一样，与25年前昏迷在天坛医院里的你略有不同，那时你略胖些，与29年前我在北京大学的校园里遇见的你一样消瘦一样年轻。

我梦见你微笑着朝我走来。但你身旁的中年妇女是谁？我不认识她。她冷若冰霜。哦，你们这是走在我的世界里还是走在你们的世界里？好幽暗的世界！

我像傻子一样高兴地叫你，叫你。"你好吗一禾一禾？"

我已51岁的年纪。你我在1989年都不曾想到过中国会变作如此这般的2014年的中国。

你微笑着不说话。老样子。你在另一个世界也微笑吗？

你走到我跟前却并未停步，只是步伐放缓，然后微笑着走远，仿佛有一股力量不允许你停步。一禾你真的已经死去了吗？你走进远处一幢门框银闪闪的幽森的大楼。

而那走在你身旁的女人又自楼门折返，朝我走回。

她伸手抱我，她冷若冰霜。

我惊觉，猛地坐起，见月光静卧在地板上，蒙哥静卧在橱柜下面，窗外的月亮已偏西。

昨天网上说这是今年最大最白的月亮。昨晚我还曾
　　将朋友们从嘈杂的饭局拉到大街上遥望它默默移
　　行在刚刚立秋的天宇。

但我没想到你会在这样的月夜来看我。

撒娇、锻炼和发呆

白猫跳入李奶奶的花池呻吟了三声。声音很自我，
　　它的懒腰很享受。但花池里没有别的猫，而这也
　　不是交配的时候。

我路过花池，惊讶了一下。它回头对我说，大哥我
　　只是想跟自己撒个娇。

老太太左右瞧瞧，回头瞧瞧，忽用她的破锣嗓子唱
　　起摇滚。一定是她的随身听在播放摇滚。一定是
　　她孙女喜欢摇滚，就给奶奶的耳朵里灌满了摇滚。

老太太小幅度扭身并自语：摇滚是个嘛玩意儿？我
　　且清清老嗓子，练下老身子。

傻姑娘见别人撅屁股撞树她也撅屁股撞树。她呃呃
　　出声，不知是因为疼痛，还是因为快活，还是因
　　为发现自己竟加入了晨练者的行列。

她妈在一旁鼓起掌来。——可傻姑娘练出个好身体
　　又有啥用？

蹲在马路中间，不是坐在马路中间：他蹲着不是在
　　拉屎，不是在等人，他天长地久地蹲着看来只图
　　个舒服，但蹲在马路中间是为了享受四面来风、
　　八面蝉鸣？

他的穷乡僻壤连车辆也不经行。头顶上各走各道的
　　飞鸟和流云他并不关心。

西川省纪行

满街的胡琴啊　满街的唱。
满街的小买卖　大喇喇的天。
满街的闺女　都叫翠兰。
满街的大妈　热情的脸。

满街的好人　这不是天堂。
做坏人到头来　必孤单。
信神的头顶着　白帽子。
不信神的也一溜　端着饭碗。

满城的小鸟　想吃羊肉。
三万只绵羊　往城里赶。
看得毛驴大叔们　出冷汗。
一泡泡驴尿　尿街边。

所以随地小便的　是驴下的，
就像缺心眼儿的　全是马养的。
那坑人害人的　如何比？

定是骡子群里　长大的。

手抓手的男女　是褪了色的。
喝酒骂人　是祖传的。
奥迪A6　是奔汉朝的。
刚出厂的旧三轮　是电动的。

亮花花的太阳光　急刹刹的雨，
沙葱韭菜　可劲地绿。
一根筋的黄河　它不回头。
你小子开心　就扒开嗓子吼。

你小子不开心　也扒开嗓子吼。
当知有命无心　不忧愁。
忽然满城的麻将　全开打。
满街的下一代　玩不够。

西 娃

我们从来都不认识自己的影子

梦见我们结伴出家
两男三女

我在路灯下看见，多出
一个人
远远走在我们的前面

几个人用同种声音告诉我
那是我的影子
我从没认识过自己的影子
也从不知道，她
可以离开我，并独立存在和领路

而他们也不知道
他们的影子，为什么都没有跟来

捞 魂

我双手捧着一盏油灯
在黑暗里，机械地走动
灯光下，我只是一小团黑影

外婆与我保持两步之远的距离
她缠过的小脚一步一颠，身姿有点发虚
我们一高一矮，一前一后
沿着寂静的河道拖着自己的影子

外婆手里拿着一根竹棍
在水里点一下，在我的头顶点一下
拖长缓慢而苍老的声音——
"西——娃儿——呢——回来——了——啵？"
遵从着外婆的叮嘱和所教
我小小的病体里发出迟钝的回应——
"外——婆呢，我——回——来了喔"

外婆一路喊，我一路应
我们像两个纸人在茫茫的夜色里晃动
给长长的河道留下微弱的昏黄

这是我小时候一次落水获救后
在大病中留下的记忆

外婆说：我的魂，被惊掉在了水里

只等时光流逝

你在那里——一面白墙上
黄昏的光斑和阴影，不放过明艳的事物
也没放过你
你曾说你热爱阴影，热爱所有的哑暗
它们成为你的半生和食物

养育你的心境与我的距离

我在你的斜对面，一扇半开的窗口前
卡片机挡住了我的双眼
我假装拍摄你，也企图看清你
这并不能满足你带给我的空虚

传说中我是那个暗恋你的人
我不否认，也不承认。那些传说
不知给你带去过多少隐秘的快意
面对我的痛苦你从没发出声音
此刻我多么爱这焦距
隔着一件事物看另一件事物
比直接来的更直接，更真实——
"我们之间隔着死亡，而你总是拒绝事实……"
双重的黑暗再次来临，一同把你我
傲慢地划为一体

轮　转

我们在酒后拥抱彼此
指甲陷入对方的白肉里
我们都不出声，疼痛和红酒
把两个身体变成一个
又慢慢虚化成一个巨大的空洞

我失去身体，失去你
在失去方面，我总有多余的闲心和明知

苦痛像黑夜之中的寂静，滋生，浮游
指望在另一个身体上落地
而我希望它选择你，又希望放过你
我在自虐与虐你的臆想中
生出新的爱情，生出新的爱你的方式

你早于我醒过来，你的眼神
比我失去的身体更孤单，你再次用性爱
找回我，找回我没有声音的哭泣
剧烈的颤栗中
你把被我咬破的拇指
再次放上我的牙齿

没 收

你赐予我们大地
让我们在上面养命，养性，养德，养救赎……
产下那条敬畏和回归的道路

而我们，在上面养出蝗虫，蚱蜢，螳螂
以及牲口们的红眼绿胃。失神的交媾——
我们帮他们产下，硕果和杂种：矿难。水灾。千年寒……

你正在没收我们，连同这片大地和上面的所有

我们如此确信自己的灵魂

我们如此确信自己的灵魂

比我们看得见，摸得着的肉体
更为确信，仿佛我们真的见过她
亲手抚摸过她，弯下身来为她洗过脚
在夜间闻过她腋窝里的汗味
在清晨听过她的哈欠声与唇语

我们如此确信我们的灵魂
确信她比我们的肉体更干净，更纯粹，更轻盈
仿佛我们的肉体，一直是她的负担
我们蔑视一个人，常常说他是一个没有灵魂的人
我们赞美一个人，常常说他是一个有灵魂的人
是什么，让我们这样振振有词，对没有凭据的东西
对虚无的东西，对无法验证的东西
充满确信？
如果有一天，一个明证出现
说灵魂是一个又老又丑又肮脏的寄生物
她仅凭我们的肉体得以净化，并存活下去
崩溃的会是一个，还是一大群人？
从崩溃中站立起来的人，或者从没倒下的
会是怎样的一群人？或一个？

前世今生

我在院子里散步，一个正在学步的小女孩
突然冲我口齿不清地大喊："女儿，女儿。"
我愣在那里，一对比我年轻的父母
愣在那里

我看着这个女孩，她的眼神里

有我熟悉的东西：我离世的父亲的眼神
年轻的母亲对我说：别在意，口误
纯属小孩子的口误
随即在小女孩屁股上拍了拍
小女孩哭起来，她望着我，那眼神
让我想到父亲在我上初中时，与我谈起
想与我妈离婚又不忍割舍我们兄妹时的眼神
（那是他此生唯一一次在我面前落泪哭泣）

我向她的母亲要了小女孩的生辰八字

那以后，我常常站在窗口
看着我的变成小女孩的"父亲"
被她的父母，牵着
呀呀学语，练习走路。多数时候
跌跌撞撞
有时会站稳，有时会摔倒……

我欣慰又悲伤，更为悲伤的是：
她长大后，会把叫我"女儿"的那一幕
忘记，或者会像她母亲一样
把那当成口误

一首诗的诞生

"有什么要发生"，很多时候，你
枯坐一个下午，或整个夜晚
事先你并不明白，为什么
喝茶，咖啡，抽烟，看几部

情色片的开头……都无力集中
你的某个游弋点。就像你一直在吃东西
身体的某一处，却一直是空的。且越来越空
你在等，却并不知在等什么

"有什么要发生"，它像你吐出的香烟圈，
在空中。穿过你看不到的暗物质
多数消失在看不见中
而你在捕获，它跟暗物质交合时，
产生的那个点

"有什么在发生。"你仿佛抵达
灵魂离开死亡的肉体
等待另一肉体时，那个中阴阶段
停歇中的游离，茫然，紧张与轻松
交织出顾盼——
成串的句子带着你并不熟悉的感觉
涌上你颤栗的手指
在内心留下的那个洞，突然被补上
一个新的肉体，套上你的灵魂：
陌生，悸动，小心翼翼的安详

我把自己分成碎片发给你

把我的脸发给你
我说，这张脸，在尘世已裸露四十多年
它经历过赞美，经历过羞辱，经历过低档化妆品
与高档化妆品的腐蚀。而我很要脸
为了这张脸，我硬着脖子活过昨天与今天

我付出的代价，你在这张脸上慢慢看

你说，美丽的中国女人，你只看到美

把我的两只手发给你
它修长，涂着蓝色蔻丹，正在长皱纹，以后将长黑斑
我告诉你，这双手，做得最多的是挑选文字
它在成群的汉字里，选出最符合自己气息的文字
它们组成署名西娃的文字和诗篇
它们遭受的冷遇与赞美，加起来并不等于零
同样是这双手，颤栗过，犹豫过，热烈过，冰冷过……
有时也哭泣，但却不知道怎么流出泪水
有一天，它也许会带着不冷不热的温度，进入你的生活
我并不知道它能为你做什么

你说：性感的手，你不求它为你做什么，你只想为它做什么

把我的脚发给你
它是我四肢中，最难看的部分
脚趾弯曲：小时候家里缺钱，它曾在又短又小的鞋子里
弓着身子成长。如今，它依然在各种看似漂亮的鞋子中
受难。只有我睡眠时，它享受过舒适
满心脚掌，不能走过长的路，但它带着我的愚笨之身
走过很多奇怪的路，并去过很多不该去的地方
也许将去到你居住的城市
于我们之间的障碍里，徒然而返

你发来一长串英语句子，我无法明白你在说什么

把我的乳房发给你

我说，真为你遗憾，你错过了它最饱满和弹性的时日
它曾用十一个月，喂养过一个孩子
也安抚过几场爱情中的男人，他们曾在上面留下唾
　　液、指纹
但已经很久了，它除了装饰着我更多的衣服，已一
　　无是处
有一天，它会成两张皮，里面不再有任何回忆

你说：就是我所有的饱满都不属于你，但你依然热
　　爱此刻

你乞望我清澈地告诉你
为什么要把自己分成碎片发给你
我却用电影《阿育王》中《尽情哭泣》的片尾曲
代替了我的全部解释

这多么像一个下跪的姿势

你拄着拐杖出现
看到我的那一刻
你又哭了
妈妈
你明明知道
这是许多年来
我害怕回家的原因
而你见到我
只会哭，只有哭
小时候父亲有外遇
你对着我哭

弟弟坐监狱
你对着我哭
侄儿逃学
你对着我哭
没有任何事情发生
你对着我哭
你什么话也不说
我也什么话都不说
只给你递纸巾
再给你递纸巾

这一次
你见着我
两只手一起去抹眼泪
拐杖倒在一边
我及时趴在地上
充当了它
这多么像一个下跪的姿势

裸 衣

这是我出入公众场合的衣服
这是我运动时的衣服
这是我与人幽会时的衣服
这是我做家务时的衣服
这是我工作时的衣服
……
它们在同一衣柜里的
不同格子里

有一件衣服不在其中
我做的每一件事都影响着它的质地
它的一半已穿在我的身上
一半我还在继续编织，随时随地

我说的是一件裸衣
我的死亡之衣

我正在一点点离开

已经没有太多的不安
供我在夜半抚平
已没有太多的焦虑
来折磨我
已没有太多的孤独
让我去享受
连躁动不安的情绪
也越来越少

年轻的时候
总以为平静、祥和、恬淡……
高远于它们
这些我从不曾眷顾的东西啊
它们正很自然地从我身上消失
我发现自己
也正在一点点离开

过 关

三十五岁以后
我就告诉自己
要从容优雅地
走过每个关口
我以此来检验自己
与现实生活和解的能力

我微笑着走过很多关口

而此刻，我看到七月五日
深夜的自己
像一只试图通过夹鼠板的老鼠
却仍被夹鼠板
死死地卡住
整夜流泪不止，挣扎，痉挛
是的，这跟爱情有关
我从未顺利地通过
这个关口

轩辕轼轲

任 性

任性也是分社会的，原始社会的任性是撒开脚丫子追着猎物跑，封建社会的任性是把猎物直接踩在脚下，成为一双克己复礼的鞋。

任性也是分阶级的，资产阶级的任性是赤裸裸的剥削，无产阶级的任性是举起斧头砸掉资产阶级的任性，然后让一部分人先富起来。

任性也是分颜色的，蓝任性起来就是海啸，绿任性起来就是春天，红任性起来能染红海洋和季节，只有黑和黄不敢太任性，它们经常被打扫。

任性也是分步骤的，初级阶段的任性是站在摇篮里撒娇，中级阶段的任性是站在山寨上撒英雄帖，只有到了高级阶段，才可以站在高岗上撒手锏。

任性也是分高度的，住在地下室里的任性顶多就是老子今天不上班，在家啃方便面，住在楼顶的任性是在你们请喝茶之前老子先把自己当剩茶从十七楼泼下去，如果砸到一个刚从地下室出来的打工仔，就当在黄泉路上多了一名勤务员。

任性也是分速度的，乌龟的任性是永不止步，兔子的任性是跑一阵子歇一阵子，子弹的任性是一下子就冲进皮肉，然后在尖叫声中先拔头筹。

任性也是分水平的，中学生的任性是用拳头封住同学的鼻子，研究生的任性是用铊封住舍友的嘴巴，校长的任性是在跪母之前先朗诵一封家书。

任性也是分级别的，一级的任性是大闹天宫的孙悟空，三级的任性是大闹宫闱的苍井空，只有二级的任性最二，只会大闹机舱，朝空姐泼热水。

任性也是分标准的，国标任性起来就是忠字舞，光标任性起来就到美国学雷锋，只有梭镖不长眼睛，不论握在赤卫队还是土匪手里，它都跃跃欲试。

任性也是分人群的，渔民的任性是三天打鱼两天晒网，农民的任性是扔掉庄稼冲进城市，还是访民最任性，每次都要进京，然后坐着免费的截访车衣棉猴还乡。

任性也是分大小的，小商贩的任性是到马路上出摊，大商人的任性是到纽约上市，中不溜的土豪既不出摊也不上市，他们露脸，团购一批日系车砸着玩。

任性也是分部位的，手任性起来能翻云覆雨，脚任性起来能赴汤蹈火，肚子任性起来能撑船，如果是大国宰相的肚子，还能撑航空母舰。

任性也是分方向的，一路向西任性就能到西天取到经，一路向东任性就能回到东土大唐娶到胡姬，一路向北任性就能走进沙尘暴和雾霾，取下口罩后再也找不到北。

任性也是分姿势的，老汉推车顶多推出一场以少胜多战役，鹞子翻身可以翻出官窑民窑的底牌，只有白鹤晾翅最任性，它一动不动，就那么一直晾着。

任性也是分强弱的，强者的任性是战天斗地，其乐无穷，捧出一个新天地，弱者的任性是捧出一只搪瓷缸子，和来往的行人斗嘴，攒不够一张老头票就不鸣金收兵。

任性也是分角度的，从进化的角度看，太任性的动物容易绝迹，从发展的角度看，摸起石头砸脚不如摸着石头过河，从文艺的角度看，任性利于创作，从养生的角度看，任性有害健康，从任性的角度看，一点问题都没有，要的就是这么任性。

如果一首诗里出现了车祸

如果一首诗里出现了车祸，就有可能是诗人下笔有些超速

使两个句子甚至更多句子撞到了一起，由于每个句子承载着不同的事物

这场车祸也变成了事物之间的较量，在诗里饱受诟病的坚硬

显而易见占了上风，在诗里深受青睐的柔软就成了更柔软的

让一些目光迅速切换成了泪光，这首诗让诗人的思路也出现了拥堵

是视而不见拐进一条欧美风格的十四行，还是停下来像爱心大使一样

拉着一个被撞掉偏旁的词拉呱，使他的指头在键盘上迟疑了一会儿

正是这几秒让他华丽转身，实现了从学院派到口语的友情切换

头号敌人

在冬天，寒冷就是我的头号敌人，我得躲在羽绒服的盾牌后面抵御它的军团。

在夏天，蚊蝇就是我的头号敌人，我得举起苍

蝇拍和巴掌的干戈把它们拍成玉帛。

在白天，雾霾和尾气就是我的头号敌人，我得高悬起口罩的吊桥而无视它们在城外乌泱泱地叫骂。

在深夜，瞌睡虫就是我的头号敌人，我得用咖啡的堰塞湖淹没它或者被它俘虏进梦乡的功德林。

肚子咕咕叫时，饥饿就是我的头号敌人，我得实行白色恐怖，用炖白菜白米饭矿泉水三座大山狠狠压迫它。

流鼻涕时，过敏性鼻炎就是我的头号敌人，我得把一把药片的水雷发射进胃液，以期击穿它厚厚的甲板。

在恋爱时，失恋就是我的头号敌人，我得把情书鲜花的纵队埋伏在塔山，阻击它的增援部队。

在写作时，文思枯竭就是我的头号敌人，我得像铁人王进喜一样跳进脑海挥动双臂，盼着能从海底拽出一座大庆油田。

在娘胎时，羊水就是我的头号敌人，我得扒紧胎盘的救生圈不被它淹死才能来到人间。

到了人间，人海成了我的头号敌人，它掀起的獠牙般的巨浪非羊水所能比拟，简直是狼水，我只有一边背诵着丛林法则一边躲进孤独的丛林。

在青春，市侩就是我的头号敌人，我得一边唱着小虎队的歌谣一边刮掉世俗在我身上涂抹上的斑斓的花纹。

在市井，贫困就是我的头号敌人，我得一边诅咒着贪官一边炒股摸彩练摊开淘宝店争取多赚点外快。

在酒桌上，痛风就是我的头号敌人，我得和海鲜暗通款曲签订互不侵犯条约免得顾此失彼双线作战使痛疼的部队沿着指节的铁道线星夜突进。

在书房里，在书架的华山之巅论剑的这帮武林高手就是我的头号敌人，不把他们其中的一个拉下马，我就只能在废纸篓的丐帮里待着。

在天上，恐高症就是我的头号敌人，我得把空姐的视线当成系在腰上的威亚。

在地上，陷阱就是我的头号敌人，我得像工兵那样扒拉开斑马线，让它露出下面的鳄鱼。

在时间中，衰老就是我的头号敌人，我得把生命先备份在热腾腾的生活和亲友的记忆里。

在空间中，消失就是我的头号敌人，我得在地球的惶恐滩头忍住惶恐，活好每一天，把死亡这位老伙计当成自己的头号敌人。

遗 传

父亲一生经常半途而废
童年时他随大人闯关东
没闯出名堂，却闯进了戏班子
青年时他迷上了画画
至今墙上还有他的自画像
后来却为了生计，学起了木匠
为别人做过桌椅板凳
为我和弟弟做过一只浴盆
最终也没成为鲁班，中年后
他再也不去尝试新的行当
他唯一没有半途而废的就是
演戏和婚姻，一辈子演包拯
铡过无数次陈世美
到陈州放过无数次粮

在电视上一看到贪官就嘟囔几句
一看到灾害就唏嘘几句
母亲坐在身旁，嫌他多管闲事
劝他少喝点酒，他总是笑笑
像所有平庸到幸福的丈夫

我这半生经常半途而废
画过七年画，后来扔了画笔
写过诗，后来七年没一句诗
像江淹，被生活的洪流淹没
差点成了泡肿的浮尸
我把头上的草标拔下，当成了
救命稻草，我把备用的胎盘摘下
当成了逃生的孤岛
我浑身涂满了淤泥和油彩
演过走麦城，演过失街亭
总是唱到一半，就荒腔走板
总是卸妆之前，观众就一哄而散
我的脸渐渐呆滞，我的表情渐渐平庸
不可逆转地滑进了父亲的血脉
只有心脏不甘半途而废，它满脸通红
兀立在胸中阻击着动脉里的士兵
阻击着轮回的宿命，在死之前
再做一次视死如归的抗争

春节怀大舅

大舅，此刻你在阴间
但愿有这么一个阴间

你在抽烟，在喝酒
酒后照例龙飞凤舞一番
有时把草书写在墙上
像在人间一样你粪土着万户侯
粪土阎王，粪土判官
肯定有隐士和好汉变成的鬼
在阴间和你成为朋友

大舅，因为母亲的缘故
我们在人间聚首
我身上有你四分之一的血脉
我脸上有你八分之一的模样
小时候你带过我
父亲演出在外，母亲刚上山下乡回来
我用剪刀剪纸片，剪你的蚊帐
甚至剪破你的手
你却说这样可以练巧我的小手

大舅，至今我还手很拙
没有写出令你满意的东西
可是你仍然鼓励我
给我零钱买小人书
给我讲蔡东藩的《民国演义》
教我认大街上的大字报
教我背毛泽东诗词
你那栗色的书橱
成了我忧患的源头

大舅，我有整个欢乐的童年
是你们联手为我打造的

你们面朝文攻武卫样板戏批斗会
留给我脊背后的一堆玩具
窗外传来咒骂声打闹声和锣鼓声
让我误以为是另一个世界

大舅，我们只能活在一个世界
在这个世界长大，和这个世界恋爱或分手
我知道你的婚变，你也知道我的初恋
扯平了，但是二十一年前六月的一个夜晚
我欠你一根烟，你递给我抽的
我第一次被呛得模糊了双眼

大舅，其实我还被酒呛过
家里来了客人，你让我给长辈端酒
他们用筷子蘸冰雪露塞进我嘴里
大舅，其实我还被水呛过
你带我去河里游泳，让我抱着一只篮球
我趴在水面听你唱大江东去浪淘尽
现在你已经在人海里被浪淘尽了
你成了一个扩散到世外的涟漪
但却是我脑海里的一场风暴

大舅，你走了两年后
我又开始写作了，为你穿透地面的目光
为他们奉送给我的屈辱
为自己不屈的心，我要写
我要把右手率先写成白骨握住你的骨头
请给我力量，我还有左手
还有舌头、喉管，即使割掉了这些
我还有能在大地上写红字的头

严 彬

春 节

在承德，父亲和弟弟，和我
父与子，三张床
一墙的蒲公英围着三盒烟。等

父亲看电视
弟弟堆积木
我吃完了药

晚上八点钟
二十年来我们一起
做作业

清明，或者任何时候

回家种地，回到涧口去……
和父亲、弟弟在一起
在池塘边洗孩子脚上的泥巴
孤独的时候
走三里多路，去和山上的母亲
说一下午话。

回到那个可以点木柴的地方

洪水滔滔，河风吹到我的家
四处都是熟悉的人
安守同一种道德
遇见全部的亲人，无论活着
或在坟墓里。

爱　情

火车开得太慢了
我们转弯抹角说了一万句话
看着陌生人在身边相识又结婚
彼此逐渐失忆
互相染病被送进医院
由各自的爱人看守到死……

寡居的女人

她关着门
在里面笑
一个人笑
笑声像衣服
落了一地
多么悲伤啊
我在门外听着
却不愿推门
去拾起一件
顺便和她说声：
长夜来了

日 记

红火车
绿火车
家家有个水泥院子
乡政府的院子更大
玉米堆到房顶
有时候能看见鱼塘
火烧到山脚
大家都不着急
人很少
偷情大都在晚上

经过一个熟人的墓地

春天孩子们来捉迷藏
恋人悄悄经过
树林如孕妇般发胖

秋天四周金黄如稻浪
一场霜将地冻好下午又蓬松
草丛结籽蛇也重新入土

你离开多年
爱过你的人已经结婚
她的孩子躲在你碑后
读你的名字却不认识你

这么多年来
你的视线越来越低
对世界几近失明

也只好留一封信给你
过些日子再见

老人与狗

今天早上，八点五十五分
一个老人在十三号楼底认真地
给他的狗擦眼泪
狗是灰色的，足有七八岁
像他年幼的孙子
聪明，却不大漂亮

阳光照在他们身上
宽容的笔画越来越多

父与子

越老越丑，疾病缠身
在院中打喷嚏，不值一提
没有一张照片能证明过去

我的父亲，越老越丑
和我一样。和我一样

老了。不能对自己负责

一人一个药罐子
每天见面时
互相问问昨天的病情

太宰治，和我

娜拉也在思考：

我曾经四次想到过死
今天新年
有人送我一件和服
质地是亚麻的
大概是夏天穿的吧
那我还是活到夏天好了

三月二十六日
我没有做出荒唐事
回家时看到妻子笑脸相迎

死　后

……
看见父亲烧毁房子
听到枪声赶来的人们签字然后离去
将叹息留给那时悲哀的任何一个人
一排树在冬天凋零，回到我的童年

我在童年恐惧过死

......

看见遗书写到一半，落在地上
描述一生的苦闷
每年我收到讣告，总有一些人要缺席
因为囊中羞涩错过一些爱过的姑娘
的葬礼。窗前的河流将我们的病情隐藏

......

看见我的儿子取错骨灰盒
看见我被另一个熟人带走
我来到一个更老的熟人灵前，喘着气

与个人无关

我想有一扇可以打开的门
在门内穿好衣服，散尽家财
看到流浪汉们拆走房子

在门外变成一个老头
我五十多岁
没有威胁
于人无益
将以贝类为生

像鸟一样看着自己的床
我和一个女人住在岛上
却不常做爱

……一九八一年
我死时没有孩子
钱在茶壶里

颐和园·比如李清

在波兰
你坐着火车来找我
天是橙色的

你像刀锋
一下，一下
收割我的身体

那时冬天临近
天台高筑
女祭司张开双臂

你为何选择爱情
而不是灵魂
或灵魂经过的十三条街

严 力

住在太阳后面

老师拿着图片一张张地解说
凸起的叫山
凹下的叫谷
积了水的叫海叫河叫江湖
移动的叫动物
有根的叫植物
张小雨举手说
有没有上帝的照片

老师翻找出太阳的图片说
上帝一直住在它的后面

那年中秋下雨

那年中秋夜碰巧下雨
我独自站在
纽约康尼岛的沙滩上
被打湿的视线
无法穿越乌云的云层
月亮从自己的体内升起
月饼里溢出的乡音
挣扎在英语的海浪声中

我独自站在
纽约康尼岛的沙滩上
不回家的理由虽然很多
但回家的理由更多

心理活动啊
在大雨中给我上课
亲人们几年前送行的叮嘱
已成为词典
被我时常查阅

那年中秋夜碰巧下雨
我把美国伞插进
纽约康尼岛的沙滩上
雨中的我们两个啊
说不清哪一个更加孤独

发 现

一觉醒来
发现这个早晨比平时美好
还发现
手上有血迹
这才想起来
昨晚我杀掉了
一群雾霾

心有不甘

是我把自己从树做成了家具
常言所说的三十而立
说的就是要完成自己的突变
以前我在树里仰望成材的将来
现在则以某件家具的身份
感叹被固定了的位置
但我仍然喜欢用锯齿般的目光
打量与其他家具
被社会和命运摆出来的关系
同时又在内部
继续审视自己的绿

生 活

看不到头地往前走
生活提着自己的命运
像提着裙子
如果哪一天把裙摆放下来
就不知道双手该往哪儿放了
这就像寺庙里下跪的香火味
它如果站直了
就不知道是什么味道了

器物上的闪电

有幸在中国的古董市场
淘到了宋朝瓷罐上的彩虹
上面还隐约可见半截闪电
可惜文物倒卖者和专家们
都把它当作了裂纹

时间是有裂纹的
滑落进去的案子
形成了不少断代史
当入迷的考证者陪着
缺页的历史旧地重游
像我一样遇到这个瓷罐时
他们的专业一点也激动不起来

闪电是文学的视力
我知道今夜依然能看见
人性从时间的天空上
快速切入二十一世纪的地球
肯定会有某个国家的器物
在将来的古董市场上
被看成了当时的闪电

维修工之歌

我不维修哭

也不维修笑
不维修上层建筑
不维修下层建筑
我维修建筑
维修哭笑不得

擦肩而过

点到为止的说法很绝妙
意思是真理的存在
就是在与你擦肩而过时
互相点一下头

见　面

很少人预言自己
迟早会在幸福中淹死
因为那个池太浅
但觉得生活少了梯子的人很多
不是为了自己
而是为了能让别人爬上去
与他的梦想见面

清明感怀

在清明感怀生命时
发现死亡没带走任何东西

种族、宗教、战争、礼帽、雨伞……
也没带走悼词和碑文
它仅仅带走了每个人独特的指纹
而手段全都留在了人间

巧 遇

初春去了公园的河畔
因为先辈们早就发现
语言从柳枝上刚刚垂下来时
最适合朗诵
这天还巧遇了世界诗歌日
尽管它并不比其他的节日更出彩
但它被春光勾着手臂的出场像个王
恍惚中我看见
来不及回避的黑暗
都在原地跪了下来

（献给世界诗歌日）

视觉返回的重量

河面上一片狼藉
易拉罐里继续倾斜的口臭
早已闷死语言后面的礼节
不敢想象漂浮的塑料袋
曾经装过的鲜亮生活
尽管我劝你不要把这种现象

与民族文化或
更大的什么联系在一起
但此时
心比湖面更杂乱
就像没装过爱情

六十以后

我不知道要依靠多少人的肩膀
才能把句子写顺到
可以时常发表的程度
我不知道
这样做是学习的热情太高
还是钻营的目的太强
尽管我知道抄袭不光彩
但抄袭礼貌又另当别论
所以我知道行为可以抄袭
作品不可以
问题是
六十岁以后我能否抄袭自己
能否把抄袭礼貌当作抄袭
自己的作品

悼特朗斯特罗姆

每个人的身躯像房产一样
被很多人掂量和参观过
但你挂牌了一生也没有成交

哪怕是在获得了诺奖之后

海阔天空

如果把"退一步，海阔天空！"
理解成与贪婪的欲望拉开距离
那么退让就是被尊重的价值观
问题是什么样的地面情况导致了
飞翔在天空里就不是一种贪婪
尤其在必须花钱才能买到海阔天空时

假 摔

很多人依靠假摔情节的写作
成就了自己的文学品牌
这并非丧失了市场的鉴别
而是在很多种市场中
假摔的市场也同样会脱颖而出

颜梅玖

活 着

我孤僻，任性，独来独往。我有不可告人的秘密，
  我守口如瓶
有时也会赏自己一记耳光

晚餐时，只有一双筷子
不过是，路边的小野菊孤单地开放

刀割破了我的手
不过是，一个梦替另一个梦说出内心的挫败
半夜醒来，黑暗里一切都醒着：邻居的旧空调，发
  出令人难以忍耐的噪音；亚麻围巾像条绳子垂在
  我的头顶；剥落的墙皮啪地掉在地上
不过是，楼下的嬷嬷做着祷告，手指冰凉

我拗不过的命，一扯就碎
不过是，果子埋在土里腐烂了

和我相依为命的乳房，愈来愈颓废冰凉
不过是，冬天阴冷，远处的山被涂了一层灰

唇红齿白的女人，环佩叮当还牵着狗
不过是，兔子爱吃青菜，就像我演的戏剧
剧情里我发疯地跟着一个辜负我的美男子

我的丑，嘲弄了美
我虚伪的笑容，蔑视了真实

消　逝

除了书，房间里的一切
都被阴冷取代
几片即将脱落的墙皮，蒙了一层灰尘的相框和一束
干花
我躺在床上。我有偏头痛
我需要一杯热水
我感到天旋地转
钟摆，一直在单调地嘀嗒
在一面小圆镜里，我看到了苍白的自己
我的脸是下午一点一刻
我的心跳是下午两点
我的身体，是下午三点四十三分十六秒
我仿若一个钟表
但我无法将指针拨回
嘀嗒，嘀嗒……空无的声音
渐渐填满了我的耳朵和骨缝
这寂静的滴落，专一，平静
它冷漠地计算着日子的剩余。现在
太阳沉落下去了，没多停留一分钟
蚊子飞往别处
桌子上的《晨报》愈发陈旧
仿佛前年就已经读过
天迫不及待地黑了。月亮从窗户里探头而入

被单上纷落下时间的蜕皮
我从耳边摸到一个人的名字

一个人

一个人去散步
沿着无人的小径，走啊走
一个人坐在公园的石凳上
对着天空发呆
一个人自拍，相片不知发给谁
一个人吃饭
一双筷子，一个碗
一个人去旅行，走着走着
就想起了他爱过的人，和孤单
一个人，在菜市场
在杂货店，在公交站
在江边，在机场
在风里，在雨里
在星期一到星期天。在烟雾中
在衰老里
一个人喝酒
一个人自言自语
一个人，笑
一个人，哭
一个人，睡
一个人睡了，静静地，在地下
一个人，在黑暗的地下，睡了
静静地，一个人

爱 情

你们发誓，拥吻
燃起烈焰。满心欢喜
你们吵闹，哭泣
喝得烂醉。痛不欲生
你们紧紧攫住我
而我不会久留

你们十指相扣
嘴巴对着嘴巴
耻骨对着耻骨
空虚对着空虚
你们紧紧攫住我
而我不会久留

我是你们的证人
甜蜜的药丸
我是你们的叛徒
灰烬
我是汁液、激流、大海
你们紧紧攫住我
而我不会久留

我享用你们的身体
甜言蜜语
伤口
我是你们的孤独

而我不会久留
你们松开
我从你们身上滑落
我成为碎片——
你们的

父亲的遗物

父亲没有留下遗物
那只老式的旧手表，在生病前就不知去向
小提琴和柳条箱
是他下放在小山村时所带的全部家当
如同一部旧电影里所看到的
我因此觉得父亲与众不同
但不知什么时候都被母亲丢弃
在母亲家
我找不到父亲一点遗物
手帕、烟灰缸、帽子……
它们随父亲一起消失了
我知道母亲看到那些，会难过
我知道它们被母亲藏到一个永远找不到的地方
但就在去年夏天
在母亲的床底下，一堆旧物间
我看到了父亲曾藏在柳条箱里的那本书：
《演员自修》……
算起来，这本书在我们家已经潜伏近五十年了
小提琴从没发出过声音
书，也不曾在月亮下翻看过
一个想当演员的帅哥

一个因家庭成分而不走运的男人
成功地控制了自己的生活——
瞧，他悄悄地将他的梦想藏在黑暗里
不为人所知
我带走了它
当我研究装订线、繁体字、泛黄的纸张
突然有什么浮现了出来：
不是别的
是父亲的脸，甚至有点羞涩……

山中晨雾

晨雾占领了整个山头
山石隐退
险峻的山岭只剩下模糊的轮廓

"她是女性的，且妖。"我心想
她潮湿，迷幻。甚至
让坐在青竹上的那个人热血沸腾：

"美啊，美，这山，这景致……"
她不可能永远停留在这里
不可能永远停留在枝头上，让你抚摸

她是什么时候消失的？
她挂在树上的那件透明的湿漉漉的外衣
是否还保持着她本身的形状？

今天，大雾让我们也会聚在一起

在不明确的时间河流里
我们相互缠绕。我们久久坐着
在彼此的雾里，模糊不清

松　鼠

沿着小径我们走上山坡
一座未修筑完毕的寺庙出现在面前

突然一只松鼠自房梁上闪过
你惊讶地指着那里。当我回头，它已经不见了

我久久地凝视着房梁
一束细长的阳光，吸收了许多灰尘
房梁没有嘎吱作响证明一只松鼠的存在
周边的草叶也沉默不语

"我亲眼看见……"我把头转向你
但我分明也看到了你的疑惑：松鼠哪去了？
我很久没有看见你了。淅淅沥沥的雨夜
我想起松鼠。哦，松鼠，松鼠的尾巴，如此寂静

杨犁民

那时候黄河还很小

从巴颜喀拉山下来，那时候，黄河还很小
很小的黄河对于自己的道路没有把握，是选择
姓甘呢，姓川呢，还是姓青呢？黄河很犹豫
犹豫的黄河一路犹犹豫豫，跌跌撞撞
走到了若尔盖县唐克乡索克藏寺旁的一堆草丛里
草丛里的黄河一再犹豫，便把自己犹豫成了无数个"S"型

犹豫有时候并没有什么不好，要犹豫就不妨多犹豫一些
像这一段黄河，把自己犹豫成九曲第一湾那样，回肠荡气

迷 失

在草原，人很容易迷失自己。花没有自己的名字
草没有自己的名字，羊没有自己的名字，牦牛没有
　自己的名字
叫格桑和卓玛的多了去了，就像草一样
你无法分清这棵草和那棵草的区别

其实名字在草原也没有多大用处，半年都不会碰到
　一个人
碰到了也没有什么话要说。大地上最重要的事情
不过就是一口草的事情，一泡粪的事情

唯一的用处就是时间长了，你可能突然想对着天
　　空，自己喊一下自己

云朵会找我

把帐篷搭在云朵上，把牛羊放在云朵上
我承认，云朵是我温柔的故乡

云朵去哪里，我就去哪里
云朵是我的头巾，云朵是我的衣袂，云朵是我的眠床

如果有一天我死了，云朵不死
云朵会四处找我，找我时就在山顶飘荡

——像最无助的呼唤
——像最深切的怀想

花　湖

天空成了两个，你看看我，我看看你，大地一下子
　　失去了自己
——花湖的芦苇、湿地和湖水很浅，却让天空和云
　　彩都陷了进去

凡人是不可能进入花湖的，要进去，也只能借助木
　　质的栈桥和云梯
当然，还必须要一场雨，把灵魂，先洗一洗

我去了趟花湖，进去出来，不过短短的半个钟头
然而我却感觉我自己也变成了两个，一个掉进了湖心
一个带着肉体凡胎，驱车离开——最终回到了久旱
　　的城市里

日月山口

汽车排成了长龙，人们站在文成公主当年站过的地
　　方，照相

据说这里还是农业区和农牧区的分界线
我看见羊群在山下，无声地向上蔓延，就像在攻打
　　汽车组成的阵地一样

我拒绝了和牦牛照相的有偿邀请，我不是拒绝牦
　　牛，牦牛请你原谅

天空中很少鸟儿飞过

在草原，天空中很少鸟儿飞过，更别说成群结队了
偶尔有一只，孤独地钉在天幕上，像搪瓷碗掉了块
　　瓷似的
它飞，飞了很久，飞了很久还在原地
飞了很久也没有飞过一座雪峰，飞了很久也没有飞
　　过一棵青草
飞了很久，也没有飞出天空这口大锅
你发现，草原的天空比其他地方的天空
要大许多

这里的花儿都很小

和百万青草比鲜艳，拇指大的一点红就够了。然而
和百万青草比翠绿，所有的森林和树木都不战而
　　败，躲得远远的

这里的花儿都很小，小到了草丛里——
你不能和天空比大，不能和大地比大，也不能和雪
　　山比大
你只能和草比小。所有的草都想出人头地，向着天
　　空努力证明自己
然而在草原，最幸运的草，也不过就是做了一朵花
　　的邻居

弯　曲

草原上弯曲的事物不多，数都数得过来
牛角是弯曲的，羊角是弯曲的，浅浅的河流是弯曲的
湖泊的身线是弯曲的，酥油茶的漩涡是弯曲的

有时候，月亮也是弯曲的。只是对草原而言，月亮
　　弯曲得毫无道理
毫无道理也没有办法，人们只好把月亮摘下来，打
　　成银饰戴在身上

所以，有月亮的夜晚，草原总是叮当作响

———

牛 奶

这个早晨，一桶牛奶在草原上缓缓搅动
慢慢露出生活的白，和丝绸的质地
仿佛整个天空，都装在这只奶桶里似的，仿佛
无数的哈达和白云，都装在这只奶桶里似的

打奶的妇女，在晨光下怀孕了。她身体倾斜
感觉乳房肿胀，就要喷射到奶桶里去。这时候

炊烟次第升起，一只狗在旁边撒欢
它只要轻轻碰一下奶桶，整个草原就会被它打翻在地

牦牛每走一步都很孤独

牦牛黑压压地压在草原上，压得草原有些喘不过气来
在一棵草的眼里，一头牦牛就是一座大山
可是草不怕
草无边无际。草让如山的牦牛陷在草里，远远看去
　　像一颗蚕豆

牦牛每走一步都很孤独，这种孤独是与生俱来的
所以牦牛总是告诫自己：往前走，莫回头

杨森君

我用中年的眼光看一场大雪

没有什么可惊奇，也没有什么可低落
雪挂千里，我也只能看到
这座城市的一角，白茫茫的雪
覆盖着距我住所不远的几处红色屋顶

雪，从清晨一直落到傍晚
一直是静悄悄的，它越落越厚
我不过多了一种记忆
这座城市不过多了一种景象

的确，我曾经写下过这样的诗句——
只要今生黑过一次
就不配说自己有过雪白的一生
雪是白的，这白很短暂

我喜欢落雪的冬日
喜欢积雪的枝条，也喜欢
雪中归人，从马上跳下来
抖掉一身雪粒

不过，从今往后
我不会再将雪给予道德上的评估
什么纯洁，什么无瑕，云云

我已到了中年，看雪就是雪，一场雪而已

水石沟林区

一堆灰皮的树枝
堆放在林木敞开的地方
还有几只红嘴雀，还有一种叫沙打旺的矮矮的草
它们临时出现在
同一时刻，像沙盘上的居民

孩子在追逐一只黄色的蝴蝶
看不出蝴蝶慌张
我没有阻止孩子
似乎，孩子与蝴蝶
彼此掂量过各自的速度

下午的光是柔和的
在粗大的树干下面
是发黄的落叶，是造物
取走了喧哗的沉静
是一个人面对色彩终结时简单的荒凉

我俯身捡起一根枯枝
它已经转世为木
仔细看时
一些方向一致的纹路
仿佛还在携幼兽迁徙……

291

陌生之地

看上去无比宁静的草地
正接受正午的日光，几乎没有尘土
就连遍地稀疏的黄花，都清晰可见
所见之物，应该各有意志
马鬃下垂
青草翻晒自己
窜来窜去的黄鼠，隐藏之前
都会立一下身子

显然，长眼睛的小黄鼠
看见过我，它为整个库卡警惕地看着我
我从缓坡上走了下来
一个人的出现是不是很唐突
大地也应该有我的一份
连半埋着的一块白色的石头
都有了苔藓
它纹丝不动

那么，附近细小的声音
又是什么
开始就向上生长的灯莎草、打碗碗花
至此，展现出的是
神照料过的模样
我都心疼了，虽具体却接近虚空
这就是孤单的库卡，这也是
不孤单的库卡

风将吹来，风必停歇
一轮落日
远远不够

边　墙

边墙两侧有黄沙，有丘陵
一侧在内蒙，一侧在宁夏
爬上边墙
我们就能看见
大野茫茫、绿草苍苍

自古边墙挡快马，不挡风沙
你看，边墙已经破败
风吹空的地方，有砖石碎瓷
也有白骨

一个人在
旷野里待久了
会不会变得孤独
一只鹰
在天空中待久了
会不会变得更凶残

那么，一块石头呢
石头是怎么来到了这里的
它可能也是一件兵器
临时派上过用场
它可能曾经沾满了鲜血

但是什么也看不到了

有时，眼前突然会出现一个牧羊人
他若是古代守兵
会问清我们的来历，也可能会
押走我们去充军
从此，我们学骑马
学射箭，生死不明

但是，现在不会
日落之前
我们可以放心地沿着边墙向东
从清水营步行到兴武营
六十里地
无人过问

白雪覆盖的罗山

这是祖先凝视过的一座山
也是布道者、土匪、牧羊人、采石匠
捡发菜的农妇、跳崖殉情者、逐出庙门的和尚
凝视过的—— 一座山

先人说，找草药去罗山
活不下去了，去罗山；先人还说
面壁思过，去罗山；不知天高地厚
去罗山

落雨，罗山在雨中；落雪

罗山在雪中
它大面积的峻岭与植被
常被雾气环绕，也被烈日照射
生生灭灭的花草，与隆起的山体相比
无足轻重

它的暮色不朽，它的石头不烂
谁住在山上，谁就是守山人，谁就可以
占山为王，赶走乌鸦
谁就可以独自坐在奇峰上观看落日

谁就可以不顾落雪
从石屋里走出来，清一清嗓子，对着
空旷的山谷呼喊，谁就可以听见
自己的声音
如何击穿千丈落雪

夜行列车

在火车上
有时，我会被
误认为是一名小偷
受到提防，为此
有朋友调侃说
我天生一副凶相
你瞧，我邻座的
这位老人
从上车到现在
都没有合过眼，也没有

拿正眼看过我
我又一次
被当成是一名小偷了
他不跟我说话
我也不跟他说
不过，我偶尔
会闭眼小睡
迷糊上一阵
老人就没这么幸运了
他要为自己的想法
必须熬到
下车的地方

午后的镜子

迷离的光线与停摆的钟之间
一扇获得了宁静的窗子变得幽暗

它构成空虚
它在我脸上衰老

旧木上的黄昏
移动着花篮悬浮的影子

我已习惯了
眼前可能掠走的一切

我在墙镜的反光里，看到了
慢慢裂开的起风的树冠

十一月的山上

暮色临近时，遍地的草木是美的
它们之中散落着各色石头，也是美的
我没有看到羊群，但我看见了落日
它下落的过程始终是安静的，虽然我早就对它
习以为常，但是今天，落日是美的

十一月的山上
作为尘世的一小部分，成全过我的个别诗篇
现在，它笼罩在一片夕光里，是美的
还有更多的草木，虽然我没有记全它们的名字
但它们也是美的：盛大、细碎、一望无际

陈 述

这些潮湿的枝条，渐渐明亮
从雾里铺下来
距我的窗子只有几米
没有一丝声音的早晨
这么安静的春天只有我一个人
我被什么要求着，我一无所知

我的内心还远远不够啊
它一直引诱着我
像桌面上的一块阳光
我不能把它挪开一寸

我可能是病了，但不关乎健康
我重复地盯着窗外凸现的血色花蕾

在这个春天我和谁说话，而不惧怕
我把临时的爱情重新还给了少年
那块深埋着荫凉的草坪上
一只看上去孤单的蝴蝶
很快被另一只代替了，就像这个早晨
神离去了，我坐在它的椅子上

白色的房舍

终于看见了
几间白色的房舍
但是，没有
看到它的主人

这样宁静的夏天
谁来主宰
再世的蝴蝶？
不争疆域的矢车菊？

几棵白杨静静地立着
风吹着它们稠密的叶子
哗哗作响……

一只母鸡
带着几只鸡娃娃
在院子里觅食

多少悄无声息的美
隐没于此
自生自灭

白色的房舍
向南
是一块坡地
正午的太阳
暴晒着田间
半人高的红糜子

阿拉善

一场大风过去了。一场几千里的大风卷走了
悬浮在阿拉善上空的几千座云堆。这是七月的
阿拉善，空旷的草地上蹲立着一只黑色的鹰
它在休息。我从星星梭草原上走过的时候
首先看到了它——一堆受力的曲线紧紧
包裹着抗争后的静默。一只休息着的鹰
像被暴力捆缚着的另一只野兽

叶丽隽

在黑夜里经过万家灯火

车灯亮着，前面坡地上，黑夜留出了
一小块的空白……在森林公园，一切
都静下来了，夜鸟、树桠间的风
以及山脚下
一个城池的灯火——
我曾置身其间啊，多少个夜晚，多少年
没有呼应地微弱与单薄

都静下来了，而我无端啜泣
站在寂静的白云山顶
回望阑珊处，这些辉煌或卑微的闪烁
仿佛灵魂，今晚
我一一经过，一一经过

七月漫游

七月，回到南方的杉树林
遇见了寒鸦
和草尖上的一滴血。什么东西走过去了
梅雨期，轻描淡写，留不住
一个身体的温度……我在深夜的井边哭泣
听见了山后

大雁的声音。我经过的
都是些短暂的
永恒？我重又抵达这个地点，却已不再是
那个时间……你还好吗
你们还好吗……但愿
群山深处
我的亲人和朋友呵
在我居无定所的形骸里，继续生长
在万物中安然无恙——

野　渡

是啊，我一直渴望着
过上一种
流水一样的生活
离城二十里，依山傍水之地
寻下一栋旧屋。瓯江在这里拐弯
水面变得宽阔
恰如我，人生至此，泥沙俱下
怎能不敞开？不浑浊？
滚滚向前啊
我的觊觎之心——
那江上寂寥的渔夫、荷锄的农人
笑声爽朗的卖柑者
我一一羡慕。我能做些什么呢
蔚蓝苍穹之下
火车穿过山腰，白云隐在峰顶
橘花开得漫山遍野
细碎的花瓣飘落

去年的果子半埋在泥土里，静静地腐烂
而埠头上
那艘已经离岸的庞大渡船
此刻却缓缓折了回来
把我捎进远远的呼喊和马达的喧嚣声中
捎进人群中

夜 潮

夜车去观潮
暗中的血，等待着沸腾。只此一次的人生
又欲高潮几何？

星辰疏朗。涛声由远及近
钱塘江畔，男人、女人、彼此的呼吸
那孤独纷涌向前啊，永不停息

石梅湾

不是海浪在拍打
而是大半个地球在荡漾
它巨大、沉缓的内心，何其汹涌，漫溢出
时间的残骸
空贝壳、珊瑚碎骨、火山石、那一只只被搁浅
正在死去的水母

大半个地球在荡漾——在石梅湾，咆哮的
蓝色与白色

呼唤着与之相应的灵魂
不是我这样的沙砾
只配在呛进几口咸涩的海水后
退回到沙滩上，面对滔天蓝卷，既无力歌咏
也羞于暗自哭泣

裸 春

冲澡后，不急着穿衣
在这个阳光明媚的房间里
一无牵挂地走动
翻书、喝茶、跷着脚小憩
看时光金黄的豹子
随午后的流逝，沿着大腿
慢慢爬上我的腹部
窗外，是片光秃的树林子
一根根赤裸的枝条
萌动着多少青葱的欲求
我知道对面的楼宇中
一定也有我这样
临窗的人
但我并没有感到丝毫的不安
我甚至打开了这空调间的窗户，让那
刮过每根枝条的风
也都到我的身上来
已经是三月。春天了，有什么
是不可以的呢

短暂的着陆

更新我，如同抚慰一种命运。轻轻地咬噬
我的颤抖——这暗处的、寂静的羞怯，让我记起，
　自己
也是一个悸动的生灵

我们要忍受生活到何时？我身体里的大海
已沉沉睡去。多少年了，那个执拗的孩子，还在深
　处漂流
等待着出世却又无法诞生

因而。跟随你冒险的手，跟随陌生的力量
跟跄着往前。人哪，任何情况下，都只有一条道
　路——且容我
从事我的奇迹，持续一种内在的发育

昨夜风

风声如晦夜，暗暗驰骋
当我闭上眼
扳住黑夜的肩头
弓身，像只海马，酝酿着加速度
毫无防备
那身体里的另一个
已骤然洞穿我，远遁而去

她的遥远，让我无法
从对现世的讶异中回过神来
无法搜寻到我的内部
弃之如敝屣啊
溃败如潮退
空空的沙滩上
徒留我披头散发的孤独、一截
悲哀的耻骨

歧途夜听雨

拥衾夜听雨，不惑之年
混沌身心……
我还有勇气
说我的人生只为等待一个声音么

隔着万千群山，你整晚
不停地到来
淅淅沥沥，徜徜徉徉，你使我的全身
布满了浪花

哦，往事，也许我该细加整理
我该轻呼出声——
今夜无边的细雨将我们重新汇集，世界
亮出巨大而潮湿的根

——我与你
每次生命的相遇。都是一场无声的长谈

叶 舟

菩萨心肠

菩萨来过了?

快看,帐篷外的秋千。
刚从天上飘下来! 这一块氆氇上,
还有屁股的温度,
又没人进来!
狗哑了,这家伙
以前可不是这样,以前咋样,
你比我清楚!
菩萨来过了,一定!
你听,天上的星星们在咂嘴,
酥油少了一块!
磨坊那边,河里涨水了,
我闻见了青稞,
味道和往年大不一样! 羊在叫,
牛班长的眼睛像灯,
这么黑的夜,如果不是奇迹,
就是它吃得太饱!
我打赌,菩萨绝对来过,
看见我搂住你,
也就不好意思打扰! 下午时,
我叼空去寺里念了经,
不为别的,只为你的肚子像馒头,

也为我这个新父亲！
哎哟，我真的戒了酒，胡话离我远，
酒是不要脸的水，
我掐死它的心都有！前半夜，
我梦见了佛光，不大不小，
好比这一床被子，的确！
菩萨来过了，我发誓！
来过第一回，就有下一次，
这就叫心肠！

难　题

夏天的影子还在，这么冷了。
狗吐舌头，
青草不败；日头晒过的寺顶，
藏不住肥雪，
灶房里的糌粑居然长出了绿苔；
夏天这个人呀，尾巴太长
实在不像话，
让羊圈里的伙伴们冷暖不辨，
换不及毛衣；
乌鸦是金刚的化身，它飞了一趟
山下，挤眉弄眼说，
夏天烂醉在了县城，夏天正说着胡话；
也难怪，桑吉跟华尔丹结下的仇，
现在也没冷下来，
倒是他们的老婆，在坡顶上
缝着帐篷，你亲我热，
像一双结拜姐妹；

前些晚上，红衣喇嘛来告，
南山上出现了一群蜜蜂，
说明花朵藏在了暗处，临走前，
他又没收了全部的火柴；
反刍的是牛，瘦下来的是马，
炉子上炖了一锅骨头蕨麻，
夏天这个人呀，请你滚开，
谁不知道你的鼻子尖，我的
锅盖怎么揭？
要不，你就不要脸
干脆一屁股坐进来？
——这是个让人头大的问题，哎哟，
头大的难题。

十八只老鹰

十八只老鹰去迎接大雪——

三家人，吹着骨笛，
穿着皮衣，
去了北山一侧；据说今年的雪，
比较艰难，往日可以哈气成冰，
顺着山脊滑降下来，
但碰上了夏天这个冤家，实属无奈；
十八只老鹰，不多，
可也不少，恰好组成一个傩面班子，
牛鬼蛇神，
弦索不断，一方面引路，
一方面寄回鸡毛信，告知平安；

帐篷外，秋草枯黄，

一些泉眼干了，几条草茎下的溪水，

泥沙泛滥；

在陡峭的夜空下，老鼠称王，

而狐狸们打着火炬，

拜访羊圈，屎尿遍地；

十八只老鹰走了，留下了

两个老人唉声叹气，

捧着经书，寻找咒语；

阿爷以前是天上的好汉，一掌下去，

就能扣住阿尼玛卿一带的

大片群山，

可惜瘫了，顺便哭瞎了阿奶；

三家人，曾经子孙绕膝，

另有两个，还在儿媳的

肚子里发育；如今说散就散，

没了一丝踪影；

但是冬天深了，雪像一位大人物，

像佛陀，

迟迟没有驾临，没有了

透彻的光明。

自己的心经

有一场前世的泪水，下成了今晚上的鹅毛天气。

有一个爱，穿着靴子，须发皆白，今晚上转世而来。

有一盏灯，从佛龛里取出，添上这一生备下的酥油。

有一卷自己的心经，纵然不说，也并不一定苦尽甘来。

山中，访桑杰不遇

雪线以上，究竟能不能点灯？
在扎尕那，我没有把握，
因为寺门深掩，
牧民下山，经书的内部冰雪一片；
我没有把握，羊圈像天空
那般空旷，熊和草原
在秘密打坐，
豹子们结伴去了山外的四川；
傍晚的寨子里，公鸡称帝，
妻妾如云，而游走的野猪们，
口衔菊花，
仿佛一群御林军；我没有把握，
炉膛熄灭，墙上的
佛龛里也是神祇杳然；这次的暴雪，
胜于往年，
如果不是喇嘛们召唤，
谁的眼泪
不是上天所赐，含金带银，
岂能随意洒落；我真的没有把握，
乌鸦说，在这个时代，
英雄是多么不合时宜，像桑杰那样
返身上山，
一个人去了雪线之上，点灯守夜。

放生羊

放你走！在犄角上
绾一朵吉祥结，白雪草原，
路途尚远，
你一定要看好个人的冷暖；
走吧！完全因为一个愿，
阿爸腿瘸，阿妈身上的冻疮
好似魔鬼的脸，
我给菩萨下跪，应许在了
这一个藏历羊年；
这就走吧！左手是阿尼玛卿山，
右边天上，有两颗不灭的星，
那是宝瓶与海螺
提灯接引，泪水闪闪；
经书上讲，佛陀
也不会饿死一只瞎眼的麻雀，
况且，你还是白衣白袍的美少年；
朝前走！路在脚下，
头要抬高，对着春天和蝴蝶微笑，
万一遇上了老鹰，一定要赞美
它的鼻梁和羽毛；
那一条河流姓黄，上游是天堂，
下游的水肯定很脏；
快走吧！这短暂的一生，
就到这里终了，来世鲜花的时节，
再做相逢的盘算；
大路朝天，真像一架天空的秋千，

来到了风雪的此岸；
走了吧！记住那一句老话——
活着么，捎一封信来，
死了，你就托一个梦来。

冬日絮语

到了这个时候，秋天打下的
草捆所剩无几，
牛羊不争，马也学会了节省；
才让阿哥在食槽里撒盐，
让牲畜们再长一点精神，而妹妹
道吉草扯着破嗓子，
昼夜唱歌，分散它们的注意力；
真的，到了这个时候，冰河怒醒，
左岸能陷进去一只熊，黄河右边
往往还大雪纷飞；
如果晚上看见了彗星，也并不说明
草原上的经幡
就会齐声念诵着玛尼；到了这个时候，
驮经书的白马，
趾高气扬，好像谁家的小舅子，
前来传布福音；从迦叶寺到桑叶寺，
上千里的路程，
谁的脸颊都会由红变黑；
真的，到了这个时候，乌鸦们的
油灯里没了料，
老鹰的翅膀将更薄，即便是那一只
火盆，也会嗅见

突然袭来的风暴；
我们一家人扎紧了帐篷，发现
黑夜越来越宽，
白日的天光像失效的白糖；
到了这个时候，罡风围困，
大雪封门，需要原谅一个人
吃完了上顿，
却又惦记着下一顿；
有天傍晚，阿妈掉完了最后一颗牙，
她扔在了天上，
相信有人会听见自己
一辈子的祈祷。

瞬　间

白马去了一趟雾里。
上游的大雾中，一匹
年轻的白马突然消失，又立刻
折身返回。
雾还是那么稠，
比昨天汹涌，如同
天空垂下来的一幅
幔帐，但上面
只字皆无。白马也无恙，
一头乱发，
让人可以一眼认出。
我思忖，它一定去取了什么，
比如经书，
比如一碗净水，或者一盏灯台？

要不，它去递了一句话，
问了人生的一个难题？
——这一瞬，没有人像它那样
暗自发笑，
身心如此的轻盈。

逗 留

木头和我，坐在
河边的磨坊里，看见面粉飞扬，
变成了这一个月的
暴雪。铁和我，在炉膛里喝酒，
面红耳赤，跟着马蹄
游走牧区，接济迷路的鸟群。
鞭子和我，始终不肯
落下去，因为那一只
寡妇羊，终于怀了身孕，
还是双胞胎。靴子和我
像这一世的兄弟，
它撇嘴向东，我就不敢
自作主张，掉头往西。
炊烟和我，挂在了天上，
摇摆不定，有时候代表阿妈
一生积攒的茶饭，
有时候是升天的梯子。银碗和我
彼此心知肚明，
里头可能是蜂蜜，外边
一定是虔诚的眼泪。
马和我，一天拥抱三回，

它了解我的去向，
我吧，也清楚它骨骼中，
那些哽咽与挣扎的心思。帐篷和我
其实是师徒两辈，
我逗留于此，却不曾
花落莲出，让阿妈无条件地赞美。
菩萨和我，一直
相互依偎，在阿尼玛卿以东，
在白雪草原，
捱过了这一季不朽的寒冬。

伊 沙

鸽 子

在我平视的远景里
一只白色的鸽子
穿过冲天大火
继续在飞
飞成一只黑鸟
也许只是它的影子
它的灵魂
在飞　也许灰烬
也会保持鸽子的形状
依旧高飞

放下了

看见雪山我没有放下
那处女一样的雪山
也没能让我放下
看见黄河我没有放下
天下黄河青海清了
也没能让我放下
放不下
放不下
塔尔寺里有一千盏

酥油灯的神圣
一名紫红大袍的藏僧
抡动着肌肉饱满的大臂
鼓声滚滚而来
震破我缺氧的
心以及灵魂
我还是放不下
只是——
当我结束了此次远行
回到家中
手中的圆珠笔
在笔记本里追踪着
这首诗的时候
一切都放下了
该放下的
和不该放下的
统统被我放下了

春天的乳房劫

在被推进手术室之前
你躺在运送你的床上
对自己最好的女友说
"如果我醒来的时候
这两个宝贝没了
那就是得了癌"
你一边说一边用两手
在自己的胸前比画着

对于我——你的丈夫
你却什么都没说
你明知道这个字
是必须由我来签的
你是相信我所做出的
任何一种决定吗
包括签字同意
割除你美丽的乳房

我忽然感到
这个春天过不去了
我怕万一的事发生
怕老天爷突然翻脸
我在心里头已经无数次
给它跪下了跪下了
请它拿走我的一切
留下我老婆的乳房

我站在手术室外
等待裁决
度秒如年
一个不识字的农民
一把拉住了我
让我代他签字
被我严词拒绝

这位农民老哥
忽然想起
他其实会写自个的名字
问题便得以解决

于是他的老婆
就成了一个
没有乳房的女人

亲爱的，其实
在你去做术前定位的
昨天下午
当换药室的门无故洞开
我一眼瞧见了两个
被切除掉双乳的女人
医生正在给她们换药
我觉得她们仍然很美
那时我已经做好了准备

德令哈

黄昏时分
漫步小城

在高高的古楼下
一户汉族人家
在打羽毛球

城中心的广场上
一队藏族大妈
把锅庄搬上舞台
"北京的金山上……"

晚霞落满商业街

两个蒙古族少女
一个丰满
一个高挑

"这不是雨水中
一座荒凉的城"
同行的诗人说：
"恍若静谧安宁的
北欧小镇……"

"把自己内心的
悲痛与荒凉
强加于一座城的
绝非大诗人
而是学生腔"
我说：
"很多时候
欧洲之美的掌故其实
已经配不上中国大地上
某些绝美的角落……"

这里城市空寂
人民安闲
叫人不忍打扰

我生怕那从高音喇叭里
爆出的充满暴力
歇斯底里的
法西斯抒情：
"姐姐，今夜我不关心人类，我只想你"

惊扰到他们……

那蹲在巴音河畔烧纸钱的妇人
就是"姐姐"吗?
诗人们
请不要自作多情
巴音河奔流不息

宇 向

每一个真正的人

每一个真正的人
都是立在这星球上
由神的起重机
在魔鬼的深度里
垒起的高楼大厦

魔鬼袒露的秘密
有着一种向上的诉求
而从N层到底层
每一层都宅着一个神
每个房间都降下了
神的小孩

每一个真正的人
都渴望高高站起
在恰当的地方
他召唤和哀嚎的剪影
是月下孤狼
刺向闪电的剪影

每一个真正的人
都渴望先知般
截获神的字条

饮下第一滴雨
在清晨最早的阳光中
一层一层醒来
（像一条被光捋顺的蛇）

并在漆黑的夜里
最高的和那最低的呈同一水平

远

我曾倒在
登珠穆朗玛的路上
十二年后
我从喜马拉雅头顶
缓缓飞过
从远开始的远
又白又冷
我曾倒在那儿
高原上，指尖触碰星星
"远"是垂首。刺目。寒气逼人
西藏是一种远。蓝毗尼
是远于西藏的远
童年是一种远
裹在暗红丝绒里的望远镜也是
寺院是一种远
相爱是。深海是。墓地是
咫尺是。一个人是
离世的心是
我去过很多很多的远

新的远离弃旧的远
真的远
在更远的远处
沉迷不语

你走后，我家徒四壁

我的家曾是一座坟
堆满死人的书
我读书，是给他们
狂热地，给他们
直到你循声而来
把这里栽成一朵巨大的花
那时，你身无分文，心为圣徒
还信着我的神
你在此点燃炊烟。建筑农园
研墨。浇灌。放牧。旋风般撕碎猎豹……
那时，诗行是噬咬着的
上一行成为下一行紧紧地
不能分开
那时，你无名，我便爱着空旷
像爱着濒死人的心，以为我是你
那时，仅仅一次，就能道尽终生

如今，诗行保持绝妙的平行
我衣袖尽空，跟别人没两样

人行道上站着一个老妇

她站在人行道上，好像
在等我

没错
在片刻的意义上，以及
在一个凝固的
场景中。"等"
是如此的真实

一边是人。另一边
是其余的人

雪的消息

不惑的人听到雪的消息。面色平静
年少的情人在天亮打来电话：
下雪了，下雪了，我们去黄河吧
不惑的人想起初相见。他曾是
那个年少的情人。雪是他的老相识
他见过更美的雪更不值一提的雪更大的
大风雪。他看见一场雪粉碎着另一场
一朵雪拥抱着另一朵
他见过诗人的雪。犹太人的雪。他见过
雪的镇压。他看见了红色的雪。见过
雪的珠穆朗玛和雪的卡瓦格博

他看见不化的雪。他看见雪
落向土墙上穿着开裆裤啃硬馍的男孩子
落向土墙下小手肿裂如红薯的女孩儿。他见过
落向贫困的雪。落向天空的雪，落向一个问号，落向
母亲落泪的雪

不惑的人听到下雪的消息。看上去，面色平静

在关闭的屏幕上，你看到

一个独自在家的人
一个伟大的演员
一场蹩脚的室内剧

一个所有角色的扮演者
一个众人
独自的众人

一个人，众所周知

被神之手

我家阳台对面
轮番修建世界各地的风光
今天，为了建百花大教堂
（外壁是令人哭泣的苍白）
一座印度寺院正被拆除
妈妈来到阳台

问我昨天有没有哭
我答，不过是想出门远行
三座新塑的橙红色头像倒了
绿砖红瓦发着釉光的一面墙紧接着坍塌
在楼前，像一个个被神的手
迅速抽空的麻袋
尘土一下子掩埋了我的房间

女巫师

我高龄。能做任何人的祖母
当我右手举起面具
左手握住心，我必定
货真价实。拥有古老的手艺
给老鼠剃毛。把烛台弄炸
被豹子吞噬。使马路柔肠寸断
分崩离析那些已分崩离析的人
我懂得羞涩的仪式
会忍痛割爱。当太阳自山头升起
照耀舞台中央的时候
我就是传统，无人逾越
当我把祭器高举
里面溅出幽灵的血。是我
在人间忍受着羞辱
我是思想界最大的智慧
最小的聪明。调换左右眼
就隐藏了慈悲和邪恶
而在每一个精确的时刻
我到纺织机后配制泪水

把换来的钱攒起来
现在我打算退休
成为平凡无害的人

爱国者

这个上了年纪的人
随身携带一口棺材
乌木的料。空虚的里
防不胜防的谚语
他常常肩负众多外交的小旗远行
死亡就常常敲打他的驼背
看上去他多像个平常的老人
对荣耀深藏不露
对细节不屑一顾
且不再在意后辈
效仿他的一举一动
如今他要为国家利益
环球一周，在有生之年
计划。恩准。筹备
中国大棉袍、棉鞋
筹备褐色的眼球
灰白的毛发，以及
一颗中国心
而一想到心死国外
真正的爱国者便浑身颤抖

我 有

我有一扇门，上面写着：

当心！你也许会迷路

我有几张纸，不带格子的那种

记满我没有羞涩的句子

而我有过的好时光不知哪里去了

我有一个瘪瘪的钱包和一点点才能

如果我做一个乖乖女

就会是一个好女儿、好公民、好恋人

我就丢了自由并不会写诗

而我是一个污秽的人，有一双脏脚和一条廉价围巾

这使我的男人成为真正的男人

使他幸福、勇敢，突然就爱上了生活

我有一个真正的男人

我有手臂，用来拥抱

我有右手，用来握用来扔用来接触陌生人

我有左手，我用它抚摸和爱

而那些痛苦的事情都哪里去了

那些纠葛、多余的钥匙环和公式

我有香烟染黑肺、染黄手指

我有自知之明，我有狂热也有伤口

我有电，如果你被击痛你就快乐了

我有藏身之处，有长密码的邮箱

我有避孕药和安眠药

我有一部电话，它红得像欲望

我有拨号码的习惯，我听够了震铃声

为什么我总是把号码拨到

一个没人接电话的地方

羽微微

某 年

如果可能，你会不会来看一看我。在江边
或是在小树林。那些小树真的很小
黄昏的美丽，它们还不知道。你走在我的身旁
我在微笑，但可能我是悲伤的。我会想起
1987年，那个遥远的夏天，我的小手绢，开着淡蓝
　的花朵
田野上的风，正一阵一阵地吹过来，而我在看着你
瘦削的脸庞。你说你不再是，喜欢写长信的男孩
这么多年过去后，你说你，仍然找不到一个下雪的
　城市
静静地堆一个雪人，让它笑起来，很像我。

你爱过的那些姑娘

她们都美好
清脆。沾着露水奔跑。
忽然微笑。忽然露出小虎牙。
蓝色的气味像薰衣草
低头，说去年就来过这里。
你只想了想，她们就咯咯笑着散开
前面第一个越跑越小
最后那一个，她停下来

她转过头来看你

旧火车

我再次坐上火车，在秋天
数出两颗药丸，小心翼翼地吞咽
火车咔咔响了一晚，无人察觉
你想着心事，如同电影旁白
我后退了一点。你摇着头
说请再后退一点。我们静默相对
角度恰好，接近快乐

"要先解决这个问题。"你一脸郑重
而我藏在人群里，若无其事。工作
思考。偶尔会醉，半跪在冰冷的地板
你坐在沿江小店的桌子旁
缓慢地抽着烟。窗外慢慢黑了
和所有的陌生城市一样
我喜欢把影子留在墙上，你这样说

你说的时候，光线从遥远的季节照过来
我深信这首诗，不是为我而写
我只适合敲门，彬彬有礼，反复吟诵
我请你原谅，确实有一对翅膀
我从未带走。我的笔迹陈旧，不懂说谎
就像那些拥挤的夜晚，欲言又止

再给我一些时间。我会看到自己
低着头，走来走去。等待提问，或者

打磨答案。有一些答案美丽异常
天气渐渐凉了起来，放在桌子上的水杯
不会知道，停泊在去年的火车响了
开始咔咔地接近回忆，接近你

故 乡

人生当然漫长
沿途结过的果，又开了花
树枝上挂满斜阳
有人从此走过，别了故乡
有人从此走过，回了故乡
又在故乡洗干净了旧衣裳

清 明

草那么深，不能再往前行
但满是虫声，到哪里去听，这孤独的狂欢？
仿佛是在呼唤逝去者归来
仿佛是我亦在这人间，伏着鸣叫
仿佛亦有虫鸣，呼唤我
而我沉默。而人间慢慢暗了下来
在我的身上残留了些许光阴

迷 途

隔着山沟大声喊，兄弟啊，等等！

我笑靥如花，盈盈前去行礼
这汉子，背影健硕，头发乌黑。他不回头
他说，天快要黑了
他要把这群星星，尽快赶往天上
那不远的草坡，鞭声清脆，点点萤光

油菜花

它们的金黄是借来的，马上
就要还了。所以它们
这样不管不顾地，在田野里
在山坡上，手挨着手，脸庞挨着脸庞

天　黑

我在夜色快要到来的时候
经过群山和树林，风吹着树林
我在树林中。我在树林外
我这样沉默而欢喜
我爱看你用叹息
吹灭天上最后那一颗星星
让天真正地，黑了下来

投　降

你不能指望一个滴水不漏的人
能破碎，能柔软

他因盛满欲望而坚固
而单纯的人总是千疮百孔
一下子盛不下热爱
一下子盛不下忧伤

孤 独

朋友们，我依靠对你们的想念
度过许多孤独的日子
我无从靠近你们
但我给予了自己
你们如我般同样想念的场景
一个人就这样，几乎可以过一辈子

一封信

你正往我的方向前进。如果我
不哭泣。不停下来。不幻想。
当火车路过，当火车离开那座城市
你会收到我的来信，当然
我已经提笔。准备就绪。

火车上冷吗？我害怕在冬天呼吸
我在冬天，徒步行走，不戴围巾
你翻看旧信件，喝微温的茶，静静推门
小心！外面全是铁轨。
黑墨水，会滴在你的脸上。

"车一直在前进。微微
你为什么，还停留在原地？"
我涂去一个字。又涂去一个。
它们都自由了。它们
探出车窗，打很长很长的哈欠
外面的空气，是凉的。

噢。我忘了，我还没有说：你好。
我打算在信末说：你好。
然后祝你开心。快乐。
其实这封信没有内容。我希望
你喜欢我的字体，向右上方微斜
我希望你可以，更喜欢一点。

你坐在火车上。火车一直在前进。
"微微，你为什么，还停留在原地？"
我看到你，轻轻地读出了声音
皱着眉头。灯熄了。
最后，我想你肯定睡着了
那封信，掉在地上。

蚂 蚁

如果把那只蚂蚁放大
像只鸟儿一样大小
我们就不会那样掐死它
轻易地、毫无罪恶感地
因为痛苦的表情，能看清了
扭曲的身体，能看清了

乞求的或愤怒的眼睛，能看清了
甚至能听到呼号的声音
但现在不是，蚂蚁太小太小
小得像装不下痛苦
小得像没有装上一个真正的生命

赶上敌人

在影片的最后
在敌人熄掉手电筒
沉默地走开前
敌人弯下腰
发现了藏在坦克下面的诺曼
就着微弱的光
我看到诺曼脸上的绝望

我看到诺曼成为那支队伍中
唯一活下来的人
我看到敌人快要消失的背影
我要告诉敌人我爱他
在影片的最后
我看到自己小快步地
赶上敌人

蝉 蜕

没有哪一只蝉会飞回寻找它的蜕壳
只有人会，只有人会把它

重新负在背上。以为它就是
故乡。命名它就是故乡
只有人，离开自己的身体
却不都叫作灵魂
埋在地下的，也不全然叫根
但人善拔根而起，善附枝而生
善鸣。善蜕壳重生
但人不能没有故乡，他会飞回寻找
重新把它负在身上

她

这许多影子当中
我独爱这一个，她美丽、单纯、勇敢
她曾陪伴我度过多少
暗黑的时光啊
就像影子也会舍你而去的那些时光
唯有她，轻轻地握住了我的手
唯有她安静地陪我坐在那个人的身旁
风吹过，风很凉
我笑着低头，悄悄示意她
不要太慌张

迷 局

有时她要把自己藏起来
为了能找到自己
她细心地做了标记

藏在绿皮书下。藏在衣柜抽屉第三格
藏在前天和昨天之间
藏在新和旧的旁边。有时也会忘记藏在哪里
但她只要发现自己不见了
也就安心。现在
她希望能把一只杯子清洗得透亮
来结束这个迷局
把一只玻璃杯子洗得非常干净
是她结束虚无的方法之一

我和你有什么不同

我们一样缘着脐带来到人间我们有什么不同么？
一样害羞乳房的变化
一样惊慌身体里那条红色的河流
你第一次亲吻我
就像我第一次亲吻我的儿子
我们都曾低头微笑
我们都曾用手抚摸日渐鼓起的肚皮
我们都曾朝着危险的方向忽然奔跑起来
我们有什么不同么？
我们淘米、炒菜、眯着眼睛看体温计
我们担心、责骂、因为爱气得全身发抖
我们坐下来拍同一张相片
你是一个婴儿
我轻轻地搂着你的肩膀
我是一个年迈的母亲
你犹豫地把手放在我的膝盖上
妈妈，我和你有什么不同么？

礼 物

决心要离去的人
存下了他本可继续的生命
"你好，我去死了。剩下的光阴存在四大银行"
"密码是我生日，如果你还记得的话"
"有痛风"
"有良性肿瘤"
"容易失眠"
"拜托，请别靠近狗"
"这是一份礼物"
"这些瑕疵也是礼物的一部分"
"用到这段生命时，请小心使用回忆"
"我恐怕它会弄哭你"

离 开

开始不是这样的
开始是人间小。时间慢
开始是美好的东西简单的美好。不深刻
开始是青草、玩笑和黄昏
唉朋友，我为贪恋你们的气息和温暖
好几次忍住了忧伤的眼泪
开始不是这样的
开始是，我哭得理直气壮
哭得受尽委屈

玉 珍

我的花朵，时间与爱情
——我不过白色情人节

所有可供我幻想的，都是真实的
曾经的死亡，都在我梦里活得很好

今天，那些类似晕眩的，挠人的罂粟
都长出爱情的样子

一束花，遮盖你惶恐欣喜的脸来到我面前
现实毁灭一次，它就盛开一次

你只爱我？——不，这远远不够
必须爱我之外的，那些无力热爱的残忍

谁将看见这一幕，我目光落下犹如香气
这不朽的记忆，在静止中瞬间完成了永恒

那些遥远正靠在你肩上，你握住的手
不是我的手——是时间

我爱过一双眼睛

我没有初恋，只爱过一双眼睛

那属于——精神的疯狂

他对着空蓝的海水

闭着嘴说话

眼眶里的深邃，让人心疼

那种海水哭泣时的颜色

湿润的——危险的蓝，发出触礁的

宿命的讯息

他跑起来像一只豹子，脸的雕塑反射着光影

太帅了，跑出了死亡的速度

14岁

我在一头豹的眼中学习了爱情

那是双深不见底的眼睛

我爱过的

唯一——双眼睛

——在我这里他永远不会老

死亡已经无法要挟我了

死亡已经无法要挟我了

它将我锻打成

——最黑的铁

没有什么能恐吓我，没有了

我还没完全长大，没恋爱

没嫁人，没干过任何坏事

全部的黑暗里没有我的把柄

我分担过世界的苦难，世界消耗了我

更多的热爱被生活辜负

两不相欠——

过去我唯独害怕死亡，现在连死亡

都不怕了
有时我真想用力活着，用力
使劲做完全部想做的事，使最大的劲
一口气做完，一口气活够
然后就好好地死一场
美美地去死
从此我就能安息了
从此我高枕无忧

闭　嘴

因为美我变得口吃
时间消化了部分解释

没人能逼我说话，这张
倒霉而倔强的嘴，诚实而严肃笨拙
她缺少合适的交谈者

可惜我只有一张嘴
她一生围绕粮食和地下水
在喂养中浪费弹劾的权利
还有歌声在喉咙夭折，她偏爱
对着墙壁倾诉，两片无法炸开的花瓣
吃进了嚎叫与咒骂

没有人明白哑巴的倔强
只有铁深谙沉默的力道
我的嘴深爱着闭嘴
她不因孤独而出卖我

只有死亡像极了我的沉默

原谅我常常写到死亡
并在那黑暗的笔锋中
攫取到得意的光明
还没有人死过之后又回来
没有人把死定义得
比死更坚固
手指写到抽筋也不会油尽灯枯
还能便宜我那张
坦率而惹祸的嘴
只有死
不会反驳并无法伤害我
只有死永远不会置我于死地
我爱他，这辈子
唯一唾手可得的囊中之物
怎么写都是无罪的
只有死亡像极了我的沉默
因此安心
只有死是不需要毁灭的
也只有死
永远写不死

野 狼

那是个——不爱说话的硬汉
嘴里含着陨石，骨中流着星辰的焰火

多年前我看见他，在货物堆积的废工厂
打群架，一群野狼般的男人
站成悲壮的岛屿，捏紧的拳头悲凉响起

废墟内尘土飞扬——斗争像黑帮电影
我的狗蜷在我脚下，狗眼里一片惊愕
那是场黑暗的厮杀，荷尔蒙暴力的启蒙

他说回家吧，脸如雕塑的男人
拉着我走下陡峭的台阶
我看见一群野狼在黑夜的星群下
朝东走去。那是个惨烈的队伍

沉默如高尚的银河

根本不想解释

他们都说我早熟
说我的诗，超出年龄太多
他们怀疑我有忧郁症
他们说世界
远没我想象的那么好
——我根本不想解释
那天我一人来到溪边
在一块大而干净的石头上
看云。清澈的溪水中央
装着天空的倒影
一片香草静静地站立着

芦苇花缓缓地飘过来
软软地，比风更轻地
落在我的脸颊上
我闭上眼，感到一切如此美好
没有人看见温柔的水面
我孩子气的笑容

沼　泽

在水的下游有另一条河流
从你找不到的出口，溢出冰凉的地下水
我爱过的鸢尾花，曾在曦光中矗立
它的沉默就像哑女莲香，
那时男人在溪谷边忙活，花丛旁边
水流晃动时间——莲香在洗衣服
那湿湿的晨曦粘在认真的额头
——莲香在做饭，莲香在哭
莲香在烧纸钱
沼泽地永不干枯，她的孩子，在里面发芽
一个火烧云发疯的傍晚
她脱下鞋独自朝深处走去
她想到沼泽底下去，看看她的儿子
火烧云铺满水面。那种红，淹没了她的头发
"三宝，三宝。"乌鸦在哭
莲香和她的孩子，在沼泽地发芽
在水的最深处有另一个世界
你找不到它的出口

身体里的劣性

今生不曾这样恨过一个人
顽固而坚定
自己与自己纠缠不清
恨你像酱油，日子寡淡时放几滴
用残忍抹黑庸碌的灵魂
诅咒我的痛恨永世不得超生
我的恨有棉花的样子
过于柔软的自卫来自洁癖般的白
犹如我恨你带着不可告人的爱
恨你却不能毁灭你，这煎熬的恨
——是咬牙切齿的黑暗
纵容我悲哀而无关紧要的身体
收养你柏拉图式的活法
我恨你无穷无尽
要你死又在恨的念想中活过来
恨你抓不住的劣性
是我缺憾的自己满目疮痍
我无法自欺某种尖锐的痛
很绝望的痛
这不可逃脱的清醒

白 纸

没有什么
能缝补我身上的漏洞

那些往昔，过失与遗憾
习惯了自生自灭
我不爱吃药不爱打针
看见医生绕道走
在神像前都不愿下跪
太顽固了可能要
死在自己手里
拿白纸缝合伤口的人
满身虚弱的补丁
潮湿且漏风
我可能要用纸的姿态死去
犹如活着
白而脆弱

一生来自自我的战争

我坚信那种狂妄来自
一个无法逾越的天敌
在她面前我学会了冷漠
并用隐遁
跨越了矛盾的障碍
那是个黑色的我
总是妄想
扳倒光明的我
所有的我都与我
一生无缘
她们将在死亡中得到和解

将死亡摞倒在白昼

而黑原本是没有力量的
黑中你一无所有并无法无中生有
财富在哪？看不见的事物一无是处
没有人胆敢
在光天化日之下，对时代动刑
你听见鸢尾花潮湿的哭声
在深水沼泽，鲜花爱上了扬子鳄
每一条走过的路都曾是
被践踏的路，死亡这冷血的物种
不值得恐惧
握住他！从不在黑暗中动手的手
流露铁鸟般不屈的勇气
天亮前打开道路的咽喉，涌出去！
用活着的派头
并将死亡摞倒在白昼

我爱世界这老女人

我对世界充满好奇，这蒙着面纱的
老女人，也许一脸雀斑的真相
在巨大的黑眼圈中央，两粒比非洲更黑暗的
老葡萄，发出不耐烦的凶光
但我会爱她身上自然的品质
森林般的头发和
酒醉时的脏话，如果有

爱吃辣椒的舌头和敢于直言的大嗓门

我就更喜欢了

女人的坦率，比男人的豪气更珍贵

世界这成熟的老女人，说不定

和我一样天真，她的眼泪

会不会比黄果树瀑布干净

我渴望跟她聊聊，谈谈她和宇宙的单挑

以及暴怒时的撒泼

谈谈被战火轰炸的久治不愈的疮疤

——以及恐龙的消失和马克思的投胎情况

世界，这沧桑的老女人

我一直相信她的纯洁——

也许她会说我今年几亿岁了但还是

喜欢装嫩，爱美是没有错的

"我爱美更爱人类。"

臧海英

荒草无边

爱父亲。爱他的性别。宫殿

小女孩伏在背上，爱这墙壁。天

爱他的胡楂，总是把梦扎醒

爱他遗传给我的眼疾（它多么好，看不见世界的丑）

爱衰老。爱即将倒塌的老屋

爱他的胃病

爱母亲。爱她的性。爱下垂的乳房

爱矮小，拘谨的笑。爱粗糙、迟钝的手

爱没有爱的一生。爱残缺、死亡

爱她没有气息的身体。爱坟墓

爱坟上每一棵青草。爱枯萎。爱抱紧她的

一小块泥土

爱哥哥。爱他的大学。爱少年的白发、溺水

爱他留下的书。爱卢梭、维特

爱烦恼。爱他结婚生子

爱越来越远的陌生

爱姐姐。爱她的疾病。爱喘息、窒息

爱青霉素、甘草片。爱夜里吐出的

浓痰。爱她杂乱的家。爱十亩麦田、十亩干旱

爱儿子。爱他的男性器官。爱脐血

爱他的出生之日。爱啼哭、骑着小车子

爱他新长出来的痘痘。爱叛逆、突起喉结

爱男人，爱他们的身体超过爱他们的心

爱他们的谎言超过爱他们的真实

爱陌生人、流浪者。爱每一张刻着时间的脸。

爱每一个伤口

爱悲伤、苦难、孤独。爱所有黑夜

爱自己。爱自己的尖锐

爱针的针尖、麦芒、刺和刀锋。爱石头

爱疼痛、颤栗。爱蒲公英的飞、飞翔的飞

爱北风，爱站立风口。爱悬崖、高处的冷和闪电

爱江水滔滔。爱一切孤绝

爱狭隘、偏执，爱火焰的炙烤、泪的咸味

爱所有证明我活着，或

活过的事物。爱这些从未表白、无法表达的爱

曾经不爱的，现在我正在爱

我还想把爱过的，再重新爱一遍

依然不爱的，也许明天就爱了，死后就爱了

你看，荒草无边

我的爱那么多，那么热烈，那么

容易失去。

亡灵

在途中，会遇见很多亡灵：

被弃于沟壑的女装模型，一件裙子

曾赋予她生命。悬于枝头的黑衣，谁

给他一个肉身？暮色里的流浪人

谁说他还活着？草尖上拼命招手的白色袋子

灵幡般，附了谁的身？

沉默的腐叶，倒塌的房屋

是另一种亡灵。一座座散落田间的
坟茔，则让土地更像一块土地

——没有被死亡降临过的土地，孕育不出生命
没有被死亡喂养过的树木，不能长成一棵树
没有被死亡深深思考过的一生，不能称之为：活着
没有亡灵，我们还想念谁？

囚 徒

我常思索：如何做好一个囚徒
如何让身上的绳子更紧一些。

每次放风回来，我都有新的启示
譬如：拿回一块石头。

"孤独是一种技艺。"绳子说。
为了打一个死结，我日夜揣摩，也磨针。

小窗处传来的断喝，是事件之外
——我没打算放手。

每一天我咽下碗中的食物，确信饥饿的存在。
每一天我走向人群，练习怎样离开他们。

单身女人

我感到羞愧。

为何不把自己交给一个男人
哪怕他是一道伤疤
一块腐肉
哪怕他是酒鬼，赌徒，家暴实施者。

他们说："不是一个弃妇，就是一个荡妇"
我感到羞愧
哪一个我也做不好。

单身男人投来的目光，像在揭穿谎言
我感到羞愧
我没有这个或那个。

已婚男人要我做他的情人
我感到羞愧
我做不到一会拥抱，一会装成陌生人。

更多的人避开我，像躲避一场瘟疫
我感到羞愧
为自己的罪孽深重。

洗澡时，看着自己的裸体
我感到羞愧
它那么无知，又无畏。

颤 栗

你走向我的时候，世界越来越远。
所有的门窗都关了，你是惊喜和绝望的总和。

天空和地面，黑夜和白天
是你一点点吃下去的。你一路走，一路丢下空杯子。

我越来越小，你越来越大。
世界都消失的时候，你占有了我。

一个巨大的颤栗占有了我
我爱他。爱他唇上惊喜和绝望的总和。

刀 锋

那些年，你一直活着。
那些年，我一直活在你体内。

头晕，贫血，虚脱——让你筋疲力尽。
弃学，出走，离家——让你难过。

被你孕育着，我怀疑你。
被你抚摸着，我厌恶你。
被你紧抱着，我离开你。

那些年，我一直在你体内
一直站在父亲的一边，反对你。

现在，我的孩子也在反对我
我感受到了，你在我身上感受到的刀锋。

羞 耻

像进入另一个世界
又好像从另一个世界回来。
母亲醒了。眼神陌生，舌头陌生，半个身体陌生
——它们都不是她的，原来的它们睡着了。

房子里住进了外人
外人闯进了母亲的身体。
她忘了父亲是谁，以为那是她的父亲。
忘了我是谁，"这个讨厌的女人"
忘了家在哪。

但名字还是她的。她模糊地说：刘桂青。
但还能像个孩子拘谨地笑。
但没有忘记羞耻。护士插尿管的时候
她满脸惊慌，试图用一只左手，抵挡这来自外界的
窥见与洞穿。

张二棍

那火焰，那冷

越是靠近火焰的人
越冷。六月，冰冷的
人，睡进了火化炉
而所有的亲人
也必将经历一场
——雪崩。

在乡下，神是朴素的

在我的乡下，神仙们坐在穷人的
堂屋里，接受了粗茶淡饭。有年冬天
他们围在清冷的香案上，分食着几瓣烤红薯
而我小脚的祖母，不管他们是否乐意
就端来一盆清水，擦洗每一张瓷质的脸
然后，又为我揩净乌黑的唇角
——呃，他们像是一群比我更小
更木讷的孩子，不懂得喊甜
也不懂喊冷。在乡下
神，如此朴素

雀

我无数次地看见过麻雀
有时在枝丫间
跳跃。有时掠过我的眼睛
但这一回
它躺在我的手心里
不挣扎，甚至不颤抖
小小的翅膀，淌着
血。它不懂
架网捕鸟的人
多喜欢它们
它怎么会懂
人间的杀戮，占有
和出卖，是喜欢的
另一种表现方式
就像他们
喜欢树木，砍光
喜欢花朵，掐掉
喜欢天空，就剪去翅膀
喜欢人，就让他们
一辈子，光荣地奋斗

流浪汉

他斜倚在银行的墙角
赤裸着上身，翻捡着

秋衣线缝里的虱子
旁若无人。眼神纯粹
他专注的样子
让我确信，工作着是幸福的
我甚至忍不住地想
他认真清理着一件褴褛时
庄重，严肃
很像治理着一座城市
而他挤在高楼的缝隙间
那么灰暗，渺小
又很像这座城市的
一只虱子

束手无策

你肯定理解什么叫束手无策
但是你，可能不会理解
一个束手无策的人
你也不会理解他
茫然，无助的样子
他蹲在街角
一遍遍揉着头发，和脸
像揉着一张无辜的报纸

是的，没有办法
女儿逃学，练习抽烟
他没有一点办法
母亲病了多久，也躺了多久
他却没有一点办法

他卖水果，刚收了假钱，
又得交罚款
他只有呆呆地，蹲在那里
没有一点办法

他攥着那张钞票，揉着，撕着
真的，没有一点办法
一点点办法

穿墙术

你有没有见过一个孩子
摁着自己的头，往墙上磕
我见过。在县医院
咚，咚，咚
他母亲说，让他磕吧
似乎墙疼了
他就不疼了
似乎疼痛，可以穿墙而过

我不知道他脑袋里装着
什么病。也不知道一面墙
吸纳了多少苦痛
才变得如此苍白

林子大了，什么鸟都有

现在林子没了，什么鸟还有

早市上，一排排笼子
蹲在地上。鸟们
蹲在笼子里
卖弄似的，叫得欢
那人也蹲在地上
默不作声
这一幕，倒像是
鸟，在叫卖笼子
叫卖那人

我已经和这个世界格格不入了

哪怕一个人躺在床上
蒙着脸，也有奔波之苦

黄石匠

他祖传的手艺
无非是，把一尊佛
从石头中
救出来
给他磕头
也无非是，把一个人
囚进石头里
也给他磕头

哭丧人说

我曾问过他，是否只需要
一具冷冰的尸体，就能
滚出热泪？不，他微笑着说
不需要那么真实。一个优秀的
哭丧人，要有训练有素的
痛苦，哪怕面对空荡荡的棺木
也可以凭空抓出一位死者
还可以，用抑扬顿挫的哭声
还原莫须有的悲欢
就像某个人真的死了
就像某个人真的活过
他接着又说，好的哭丧人
就是，把自己无数次放倒在
棺木中。好的哭丧人，就是一次次
跪下，用膝盖磨平生死
我哭过那么多死者，每一场
都是一次荡气回肠的
练习。每一个死者，都想象成
你我，被寄走的
替身

独坐书

明月高悬，一副举目无亲的样子
我把每一颗星星比喻成

缀在黑袍子上的补丁的时候，山下
村庄里的灯火越来越暗。他们劳作了
一整天，是该休息了。我背后的松林里
传出不知名的鸟叫。它们飞了一天
是该唱几句了。如果我继续
在山头上坐下去，养在山腰
帐篷里的狗，就该摸黑找上来了
想想，是该回去看看它了。它那么小
总是在黑暗中，冲着一切风吹草动
悲壮地，汪汪大叫。它还没有学会
平静。还没有学会，像我这样
看着，脚下的村庄慢慢变黑
心头，却有灯火渐暖

风，继续吹

三月，西北风抢掠过的
田野。东风又荡涤了一回

四月，爷爷种过大烟的花梁沟
我们种下了爷爷。一地桃花
毛茸茸……

五月。我从小红家的屋檐下掏出
几只雏燕，毛茸茸。
唢呐娶走的小红
在六月回来，像最小的那一只
嘤嘤地哭。七月
立秋。小红的男人

带了几个人，来过。又是打
又是骂。快八月了
她把自己挂在屋檐下
一身月光。在风里
毛茸茸

一辈子总得在地摊上买一套内六角扳手

我也觉得它们，英雄无用武之地
可还是买了。可能是为了
找个闲逛的理由
也许等会儿能碰到熟人
也许一天也碰不到
但我忍不住，反复念着
嗨，一套十件，挺实用的

就这样，一个上午
我拎着它们
叮叮当当的，在集市上
东瞅瞅，西望望
像是恋恋不舍
又像是别有用心

回来的路上，它们闪烁着寒光
想了想，我才三十出头
其实也可以，等几年再买

张执浩

河水在看着我们

总有河水在看着我们
看见了我们所见，看穿了
我们这样的生与死
总有葬送、挣扎和搁浅
岸边的人想一直生活在岸边
而岸边的牲畜只会顾影自怜
总有我理解不了的事在发生，譬如
老牛饮水时神情专注
清澈的牛眼里面却蓄满了
无比的惊恐，它的姿势
总是拔腿就跑的架势
总有这样的时刻：
一条鱼拼命跃出水面
我看见它的时候它也看见了我
它再度跌进河水的声音欢快而悲欣
仿佛我在人群中发出的感激和抱怨

日记，或后半夜的星空

已经很久没有这样过了——
我的右手不经意间搭在了你的左乳上
你反而睡得更香

而我要在黑暗中将这个姿势保持多久
才能为这只手重新回忆起了它应有的形状而感动
我在黑暗中自我感动着
就像后半夜的星空独自闪烁

昏昏欲睡

河道上漂浮着数不清的鸭子
全世界只有一个人清楚它们有多少只
放鸭人站在杨柳树下
腋下夹了一根竹竿手上夹着烟卷
连续几天都是这样

河对岸的油菜花亮晃晃
山坡上的杜鹃花红艳艳
养蜂人头顶白纱罩
在花丛里穿行
嗡嗡的蜜蜂声令人昏昏欲睡

事实上我已经午睡过了
穿堂风晾干了我的身体
我计划再去监视他们

直到黄昏
他俩才终于挨在一起
他们的外乡口音被上游传来的
高音喇叭搅得含混不清

鸭群挤进了河边的围栏

蜜蜂都飞回了坎上的箱笼
我还像石头一样趴在河堤上
眼看一天又结束了
明天仍旧风平浪静

在薄薄的晨雾中

上游的高音喇叭放给下游听
上面来人了
是个未亡人
薄薄的晨雾
湿了半截的裤脚
河面在冒汽
半边通透半边沉郁
好大一条鲤鱼像石头
好大一块石头安静地游
岸边有一条木筏
捕鱼人站在船心摇晃着收网
网眼里的水将滴未滴
一端有动静
另一端动静就更大
在薄薄的晨雾中
未亡人舀起河水洗脸
唯有此刻他可以无所顾忌
泪流满面

看不见大海的河流

岩子河永远也不会看见大海

我父亲也没有见过
平日里，河水慵懒
只有在暴雨过后它才激动起来
我问过父亲：河水会流向哪里？
父亲摇摇头，过后又指指天
这两个动作让我想了很多年
多年以后我从海边归来
独自坐在泄洪道口
刚下过暴雨，白浪奔逐
我在轰鸣声中想起了
父亲的那两个动作
摇头时我满脸水雾
抬头见烟雨中的老父亲
正在堤坝上使劲地朝我挥手

日落之后

日落之后还有很长一段路要走
父亲坐在台阶上
背着慢慢变幻的光
他已经戒烟了，现在又戒了酒
再也没有令他激动的事物
落入池塘的草木填满了池塘
落入鱼篓的鱼安静了认命了
风走在公路上，这是晚风
追着一张纸在跑
路过的少年将捡到
另外一个少年的故事
关于贫穷、成长，关于孤独

再也没有忍受不了的生活
如果我也能够像他这样
在黑暗中独自活到天亮

星星索引

回老家的目的之一是为了看星星
下了一天的雨傍晚才停
从山上淌下来的野水裹挟着浊气
经由高粱、芝麻、红薯地汇入岩子河
蛙鸣声中炊烟格外安静
斜长的草坡上相邻的坟堆
枣树、松柏和望子草隔开了它们
我记得母亲躺进棺材时脸上搭了张草纸
我记得我躺在草坡中央把夜空盖在脸上
星星附近总有星星
而入睡前的那一颗
我确信它是我见过的最遥远的东西
就像我对现实的处境深信不疑——
人世尽头
大声尖叫却不期盼任何回音

月亮和我

父亲病了。我每天都在赶往家乡的路上
这情形像极了儿时的夜晚
月亮挂靠在松树林那边
我必须穿过林间的斑斑点点

才能走进那片开阔的屋后菜地
我还记得父亲在月光下
给菜园浇水的身影
月亮在水桶中跳荡
从葫芦瓢里泼出的水像月光
我一路小跑回到家
反身关门时看见月亮还挂在树边
除了我，没有人在乎她这一刻的表情
那是去世多年的母亲回来
探望我们的表情

砧　板

我有过数块砧板
第一块是母亲去世前送的
那时候我还是单身汉
现在我对厨具的全部情感
都来自于那样一块铁木板
它又大又厚
再锋利的刀刃砍在上面
它都经受得住
即便后来凹下去的地方
也呈现出坚韧的纹理
没有另外的砧板能够替代
我在上面切过萝卜也切过手指
我切过母亲出现的一幕
也切过母亲消逝的一幕

过 道

停放在过道里的棺材我每年都会见到
活着的人送给自己的礼物
他自己不会轻易开封
小时候我装作没有看见它
见到后装作不认识它
要么想法绕开走
当再也绕不过去时
我开始向别人打听它是什么材质做的
我记得原木棺材上蒙过一块塑料布
后来又蒙过一块油毛毡
有天午后我穿过过道时看见
棺盖上停放着一只竹编的鸡窝
一只芦花鸡蹲在窝草里
警觉地望着我
阳光将一扇窄门的影子投射在走道尽头
另外一只芦花鸡在门口探头探脑

归来者

从深深的泥泞里拔出双脚
从又湿又冷的胶筒里抽出两条腿
从藕塘回到家
他放下装满泥藕的竹篮
转身返回户外
他需要用铲刀刮掉胶筒上的黑泥

用笤帚把清下来的泥土拢在一起
用铁锹把它们送到冬青树下
当他把这一切都收拾好
天已经黑透了
泥藕正等着他去洗白
多好的藕啊
他没有觉察到
他满足的笑容
在黑暗中溅满了泥水

雏鸡的黄昏

槐花到了晚上还是白的
附近的天空也是
母鸡一簇一簇蹲在院子里
翅膀收敛有如帐篷
雏鸡在篷沿探头探脑
有几只胆大的突然溜了出去
又惊惶地跑了回来
为了笼罩它们
母鸡不停地挪动肚皮
夜色在移动
槐花头顶星光一动不动

方　位

松树林里有一棵桃树
桃花开的时候松花会漫天飞舞

我们头顶黄色的粉末

在幽暗的林间蹦跳

通往桃树的路有很多条

每一次都不同

我曾用砍刀在松树上留过记号

但事后它们都愈合了

生活就是这么奇怪

我们在松林里打转

明明想摘桃子，结果每次

都会采回来一些松菌和蘑菇

桃花谢了之后我们再也没有见过桃树

我们打回来一些松果堆在户外

夜里，风过松林

发出一阵阵尖细的惊呼

最深的夜

拿一支手电筒在空中乱晃

举着一束光去见满天星光

那天晚上我们顺着

灰白的小路往山冈上走

最前面的人紧握手电筒

落在最后面的

一直想超过前面的那个

当我们推推搡搡爬上山头

电池已经微弱得无法照见

彼此的容貌

磷火在山坡上游荡

星光闪烁，那个盛夏

最深的地方依旧漆黑
没有一颗星星能安慰另外一颗

忍 冬

有些植物一旦栽下了就没有人
再理会它的死活
就像你和我来到世上
一旦形成我们
就只剩下了一种命运
你开白花的时候我开黄花
我枯萎了你替我朝前攀爬
这样的情状回应着我记忆中的
那一幕：多年前我和你
一起栽培过一株金银花
黄花依旧黄
白花依然白
我在这个冬天想起它的时候
你说它还有一个名字叫：忍冬

后 记

一、本书的选稿范围为2015年全年国内外公开出版的刊物；

二、凡是入选的诗人，在今年发表的重要作品均列入其中，许多诗人的入选作品都是在多家刊物发表的优秀诗歌的综合展示，对优秀的诗人，我从不吝啬页码；

三、本书的编辑秉持真实、鲜活、自由、人性的精神和原则，编者坚持自己一贯的美学追求；

四、祝贺并感谢入选本书的诗人朋友们，我对诗歌的理解和认识，全在你们的作品里，我想说的话，你们已经替我说出，我心里面本年度最优秀的诗歌作品，就是你们的作品，现在，这些作品已经呈现在读者面前；

五、同样要感谢的，还有作家出版社，正是你们的信任、宽容和胆识，才有这样一个诗歌选本的诞生。目前社会上诗歌选本很多，大家眼花缭乱，目不暇接。我要做一本不同于别人的选本，要选出我眼里本年度最重要的诗人和他们的作品，首先我要选的是诗人，然后才是他们的作品，所以本书叫"年度诗人选"。

朱 零

2015年12月于北京定福庄

图书在版编目（CIP）数据

2015 年度诗人选／朱零编. -- 北京：作家出版社，2016.1
ISBN 978 - 7 - 5063 - 8645 - 6

Ⅰ.①2… Ⅱ.①朱… Ⅲ.①诗集 – 中国 – 当代 Ⅳ.①I227

中国版本图书馆 CIP 数据核字（2016）第 006501 号

2015 年度诗人选

编　　者：朱　零
责任编辑：李宏伟
装帧设计：合和工作室
出版发行：作家出版社
社　　址：北京农展馆南里 10 号　　邮　　编：100125
电话传真：86 - 10 - 65930756（出版发行部）
　　　　　86 - 10 - 65004079（总编室）
　　　　　86 - 10 - 65015116（邮购部）
E – mail：zuojia@ zuojia. net. cn
http：//www. haozuojia. com（作家在线）
印　　刷：三河市北燕印装有限公司
成品尺寸：152 × 230
字　　数：166 千
印　　张：24.75
版　　次：2016 年 1 月第 1 版
印　　次：2016 年 1 月第 1 次印刷
ISBN 978 - 7 - 5063 - 8645 - 6
定　　价：39.00 元